RETURN from
Darkness
흑암의
귀환자

FANTASY FRONTIER SPIRIT
이성현 판타지 장편 소설

흑암의 귀환자 5

이성현 판타지 장편 소설

초판 1쇄 찍은 날 § 2014년 11월 4일
초판 1쇄 펴낸 날 § 2014년 11월 10일

지은이 § 이성현
펴낸이 § 서경석

편집부장 § 권태완
편집책임 § 박가연

펴낸곳 § 도서출판 청어람
등록번호 § 제1081-1-89호
등록일자 § 1999. 5. 31
어람번호 § 제1-1975호

주소 § 경기도 부천시 원미구 부일로 483번길 40 서경B/D 3F (우) 420-822
전화 § 032-656-4452팩스 § 032-656-4453
http://www.chungeoram.com
E-mail § chungeoramhook@daum.net

ISBN 979-11-316-9275-2 04810
ISBN 978-89-251-3635-6 (세트)

RETURN from Darkness

흑암의 귀환자

5 | 부활한 빛

CONTENTS

제32장 스승의 발자취   7

제33장 그녀의 고백   41

제34장 근본적인 의문   79

제35장 가치 없는 인질   125

제36장 필사의 각오   161

제37장 진정한 어둠   197

제38장 빛이여, 다시 한 번   223

제39장 부끄러움을 모르는 자들   249

제40장 어긋난 기대   283

Chapter 32
스승의 발자취

흑암의 귀환자

1

카르노사 왕국의 메르키어스 성 탈환 실패.

보르니아 왕국의 프렐루드 성에 나타난 두 명의 마족, 부의 디케이드와 뱀파이어 코델리아와의 혈투.

두 사건 모두 인간 측의 피해가 적지 않았다는 공통점 외에 또 하나의 사실을 부각시켰다.

죽기 전 모르드 왕국의 장군으로 알려졌던 케트란, 즉 현재의 마족 공작 디케이드가 자신의 정체를 많은 이 앞에 드러냄과 동시에 왜 그가 이렇게 인간에 대해 증오를 불태우는지에 대해 널리 알렸다.

그 결과 과거의 전쟁 영웅을 복수심에 불타는 마족으로 만든 원흉, 즉 모르드 왕국에 대한 여론이 미묘하게 변해갔다.

디케이드로 인해 직접 피해를 입은 보르니아 왕국 측은 공식적으로 유감을 표했고, 모르드 왕국의 왕 엘리제 3세에 불만을 품었던 모르드 왕국의 몇몇 귀족은 그동안 비밀리에 접촉했던 '진짜' 크레아 공주를 전면적으로 내세울 준비에 차근차근 들어갔다.

모르드 왕국 수뇌부 측에선 마족의 교란작전이라며 디케이드에 관련된 소문을 전면 부정했다. 그럼에도 자신들을 향한 의문과 비난이 사그라지지 않자 시간이 지나면 진실만이 남을 거라며 더 이상의 대답을 거부한 채 침묵에 들어갔다.

이렇게 인간 측의 세력 분열이 심화되는 와중에, 카일과 페이서는 각자의 길을 걸어가고 있었다. 이전 세대 땐 페이서가 전면으로 나선 것과 대조적으로 이번엔 카일이 많은 이의 시선을 한 몸에 받으며 대륙을 돌아다녔다. 반면 페이서는 지난 프렐루드 성에서의 전투 이후 잠적해 모두의 시선에서 사라진 터였다.

*   *   *

엘레힘 신성력 1327년 7월 11일.

"하아, 더워."

카일은 턱 아래 맺힌 땀방울을 연신 닦아내며 짜증 섞인 표정을 지었다.

"꼭 오늘 도착해야 합니까? 다들 아직 지난번 전투 마치고 제대로 쉬지도 못했잖아요."

"그래도 꼭 오늘이 아니면 곤란하다고 했으니 어쩔 수 있겠나. 뭔가 사정이 있겠지."

카일의 푸념에 실버윙즈의 총지휘관 포르칸은 손등으로 이마의 땀을 훔치며 대답했다. 갑작스럽게 더워진 날씨에 다른 이들 역시 땀 냄새를 풀풀 풍기며 수풀 사이 넓게 닦인 길을 행군 중이었다.

"자자, 모두 힘내십시오! 멀지 않았습니다!"

포르칸의 부관인 제이콥스는 목소리를 높이며 더위에 지친 병사들을 이끌었다. 하지만 전투를 끝내자마자 일주일 넘게 쨍쨍 내리쬐는 햇볕 아래 행군이 지속되다 보니 열사병으로 쓰러지는 이가 속출했다. 덕분에 마차 안은 드러누워 미지근한 물을 들이켜는 병사로 가득 메워졌다.

"레이크, 우리가 처음 만난 게 겨울이었지? 그런데 벌써 여름이네."

"그땐 진짜 추워서 빨리 따듯해지기만 바랐는데, 지금은 도리어 겨울이 그리워지는군요. 휴우……."

폴스타드 용병단의 단장인 레이크는 땀을 연신 닦아내며 반년이 지났음을 실감했다.

실버윙즈와 폴스타드 용병단이 손을 잡고 처음 도착했던 메르키어스 성에서는 아무런 성과 없이 발길을 돌려야 했다. 하지만 그때의 일이 액땜이 되어서였을까, 그 후 그들의 행보는 막힘없이 전개되었다.

그들이 참여한 크고 작은 전투는 대부분 인간 측의 승리로 끝났다. 폴스타드 용병단의 젊은이들은 '선배'로부터 터득한 경험과 기술을 보란 듯이 선보였고, 반대로 실버윙즈의 노병들은 후배들의 패기에 영향받아 전성기 못지않은 실력을 발휘하며 전장을 휩쓸었다.

정작 그들 중 가장 강력한 힘을 지닌 카일은 특별한 경우를 제외하곤 전면에 나서지 않았다. 어둠의 힘이 지닌 두려움과 공포를 굳이 부각시킬 이유가 없었고, 자신 혼자 나서서 모든 걸 해결하기보단 그와 함께하는 일원 개개인의 역량이 늘어나는 쪽이 좋다고 판난했기 때문이다.

그렇게 반년이 지금 지난 지금, 실버윙즈를 물심양면으로 지원 중인 거부 코르테스가 작은 보금자리를 마련했다며 카일과 카트리나, 그리고 그 둘과 함께한 이 모두를 초청했다.

"저, 저기인가?"

"아무래도 그렇겠지?"

그렇게 계속 더위와 싸우며 앞으로 나아가던 병사들은 지평선 너머로 모습을 드러낸 건물을 가리켰다.

"흐음? 어라……."

카일은 망원경을 꺼내 목적지를 보더니 곧바로 지도를 꺼냈다. 그리고 고개를 갸우뚱거렸다.

"저기에 왜 성(城)이 있죠?"

"성? 무슨 소린가?"

카일에게 망원경을 건네받은 포르칸은 카일이 성이라 지칭한 곳을 바라보더니 두 눈을 크게 떴다.

앞으로 가면 갈수록 점점 선명하게 시야 안에 들어오는 성벽을 보며 카일은 혀를 찼다.

"저거의 어디가 작은 보금자리야?"

성문 앞에 도착한 카일은 고개를 위로 젖히더니 어이없다는 표정으로 높게 쌓아 올려진 성벽을 바라봤다.

끼이익.

마찰음과 함께 성문이 열리면서 실버윙즈와 폴스타드 용병단을 기다리고 있던 이들이 모습을 드러냈다.

"어서들 오십시오!"

"어, 너희는……."

카일은 그들을 맞이하는 목소리 가운데 눈에 익은 얼굴들을 발견하곤 오른손 검지로 가리켰다.

"카일 아저씨! 오래간만이에요!"

"헤헤, 결국 이렇게 다시 만나게 되었군요."

"크리드, 너 언제 여기로 왔냐? 게다가 주니어까지? 그리고……."

"오, 오래간만에 뵙겠습니다, 카일 님."

타일론드 성의 크리드와 제이크 주니어.

처음엔 악연으로 만났지만 지금은 그 누구보다 든든한 조력자로 자리 잡은 코르테스.

석화에서 풀려난 이후 새로 맺은 인연들이 한자리에 모여 있자 카일은 가볍게 미소를 지으며 다시 한 번 위를 바라보았다. 때마침 불어온 바람에 성벽 위에 걸려 있는 실버윙즈의 깃발이 힘차게 펄럭거렸다.

2

촤아악!

"끼얏호!"

웃통을 벗어재낀 병사들이 환호성을 지으며 차가운 우물 물을 머리 위에 끼얹었다.

벌컥벌컥.

"으아, 이게 얼마 만의 맥주냐! 꿀맛이로구먼!"

"이가 시릴 정도로 끝내주게 시원한데? 으하하하!"

씻을 차례를 기다리며 우물 주위에 모인 다른 이들은 차갑게 식힌 맥주를 계속 들이켜며 함박웃음을 터뜨렸다.

실버윙즈와 폴스타드 용병단의 일원은 보금자리란 단어와는 영 거리가 있어 보이는 성안에 들어오자 처음엔 어색함을 감추지 못하고 우물쭈물거렸다.

하지만 성 중앙에 자리 잡은 광장에 들어서자 그들은 오래간만에 미소를 지었다. 겹겹이 쌓아 올려진 맥주통과 찬물을 마구 퍼 올릴 수 있는 우물들을 보자마자 앞다투어 달려갔다.

"그 정도면 괜찮겠죠?"

"흐음, 문제없겠지. 사실 지금이 최적이기도 하고."

노병과 젊은 용병들이 한데 어울려 시원함을 만끽하는 가운데, 포르칸과 레이크가 서로 귓속말을 주고받더니 고개를 끄덕거렸다.

"이보게들! 그동안 죽어라 고생했으니 오래간만에 푹 쉬어 보세! 한 달간 휴가를 주겠네!"

순간 사람들의 시선이 일제히 포르칸을 향해 쏠렸다.

"벌써들 귀먹은 겐가? 휴가라고! 한 달! 실버윙즈와 폴스타드 용병단 모두! 여기 밖으로 나가진 못하겠지만 그 정도는 이해들 해주게!"

꿀 먹은 벙어리마냥 아무 말도 못하고 자신을 바라보는 병사들을 향해 포르칸은 다시 한 번 목소리를 높여 외쳤다.

"이얏호!"

"휴가라는 말 들어본 게 도대체 얼마 만이지? 몇십 년 된 것 같은데? 아무튼 좋군, 좋아!"

시대와 나이를 막론하고 고된 전투를 마친 병사들에게 휴가란 단어만큼 불타오르게 만드는 말은 없다. 반년에 걸친 강행군 속에서 지쳤던 그들의 입에서 함성과 환호성이 일제히 터져 나왔다.

"그리고 고생한 여러분을 위해 코르테스 님께서 금일봉을 건네셨습니다. 오늘 하루는 맘껏 마시고 드십시오!"

"오오오오!"

레이크가 금화가 잔뜩 담겨 두툼해진 돈주머니를 양손으로 붙잡고 들어 올리자 환호성은 더욱 커졌다.

"코르테스! 코르테스! 코르테스!"

자신의 이름을 연호하는 병사들 앞에서 코르테스는 반짝이는 대머리를 쓰윽 만지며 멋쩍은 표정을 지었다.

"인기 폭발이시군요."

"하하… 다들 좋아하시니 다행입니다. 그러면 성을 안내하겠습니다. 그동안 나름 신경 써서 준비하긴 했는데 마음에 드실는지 모르겠군요."

코르테스는 아직도 자신의 이름을 부르며 기뻐 날뛰는 병사들을 향해 손을 한 번 흔들더니, 카일과 포르칸, 그리고 레이크를 데리고 성안을 안내하기 시작했다.

*　　　　*　　　　*

거부 코르테스의 전 재산을 바탕으로, 타일론드 성의 제이크 상회와 보르니아 왕국 소속인 아르고스의 지원을 받아 건설된 성안은 규모에 비해 의외로 오밀조밀하게 구성되었다.

"여긴 마법사들의 연구실 겸 공방입니다. 왼쪽 방은 서재고 오른쪽에 닫힌 방 안에는 공간이동용 마법진이 설치 중입니다. 현재 이곳의 운영은 고용된 마법사들에게 맡겨놨지만 제럴드 님이 오시면 인계할 계획입니다."

코르테스는 실력은 있지만 출신이나 여러 사정 때문에 능력을 펼치지 못하던 마법사들을 대륙 곳곳을 돌아다니며 스카웃했다. 그 결과 실전에 투입될 마법사들을 확보하는 한편, 성 전체를 둘러싸는 대규모 마법 장벽을 설치해 만전을 기할수 있었다.

코르테스는 연구 중이던 마법사들과 간단히 인사를 나눈뒤 자리를 이동했다. 시약 냄새가 가득하던 연구실과 달리 이번에는 뜨거운 열기가 가득한 대장간이 밀집된 지역이었다.

"앞으로 여러분이 쓰실 무기와 장비는 모두 여기에서 자체 공급할 예정입니다. 타일론드 성에서 이름난 대장장이분들이라 품질 하나는 자신할 수 있습니다."

"흐음, 과연……."

포르칸은 대장간 앞에 진열되어 있는 검 하나를 집어 들더니 감탄을 금치 못했다.

아까 성문 앞에서 카일과 재회했던 크리드가 땀을 뻘뻘 흘리며 새빨갛게 달궈진 철을 모루에 내려치는 중이었다. 그 외다른 대장장이들 역시 더위와 화로의 열과 싸워가며 구슬땀을 흘렸다.

"그러면 이쪽으로……."

코르테스는 성안을 활보하며 그동안의 성과를 찬찬히 보여주었다.

성에 주둔 중인 병사들과 주민들의 식사를 위해 설치된 대규모 주방 안은 점심 준비로 바쁘게 돌아갔다. 성 수비를 위해 고용된 용병 중 일부는 커다란 수련장 안에서 훈련에 여념이 없었다. 일반 주민들의 서주지에서 뛰노는 아이들은 물론, 성안 모든 이의 눈은 활기로 가득 차 있었다.

"생각 외로 많은 사람이 모였군요."

"저도 이 정도까지 사람들이 모여들 줄은 몰랐습니다. 이러다간 증축을 해야 할지도 모르겠습니다."

"아무래도 전쟁 중이니 안전한 곳을 선호하게 마련이
니……."

모르드 왕국이 퍼뜨린 소문과, 진실이 내포된 또 다른 소
문.

그중 후자를 믿은 자들이 하나둘씩 이곳으로 모여들었다.

성안에서 일할 사람들을 모집하는 것 외엔 딱히 소문을 퍼
뜨린 것도 아님에도 산속 깊은 곳에 자리 잡은 이 성을 찾아
오는 이가 조금씩 늘어났다.

"아직 미완성된 곳도 있지만, 이 정도면 여러분의 거점으
로 충분하지 않습니까?"

"아주 맘에 드는군요. 이런 곳이 하나 있었으면 싶었는데,
이젠 더 이상 그런 고민 할 필요가 없게 되었군요."

반년 넘게 나름 규모 있는 병력과 움직이다 보니 전력을 재
정비하고 휴식을 취할 장소의 필요성을 절실히 느꼈다. 또한
사정상 따로 떨어져 행동 중인 페이서와의 연락처로 활용할
장소 역시 필요했는데, 이렇게 알아서 생성되니 카일 입장에
선 한결 마음이 편해졌다.

"조만간 페이서 님과 연락이 닿으면 그쪽 분들도 모실 예
정입니다."

"솔직히 지금 당장이라도 보고 싶긴 한데, 아직은 아니
니……."

예정보다 훨씬 일찍 페이서 일행이 보르니아 왕국을 떠난 터라 어떤 고난을 겪을지 내심 고민하던 터였다.

　"아무튼 이곳을 기점으로 그동안 부족했던 부분을 많이 메울 수 있게 되어 다행입니다. 지금 당장에라도 그 녀석들에게 보여주고 싶군요."

　옛날 페이서와 함께할 땐 굳이 이런 식으로 그들만의 병력을 육성할 필요는 없었다. 페이서가 빛의 용사가 되기 이전엔 모르드 왕국의 지원을 받아 움직일 수 있었고, 빛의 용사로 확실히 각성한 이후엔 모르드 왕국뿐만이 아니라 대부분의 인간이 그들을 알아서 도와줬으니.

　과거에 비해 상대적으로 도움받기 힘들게 된 지금, 코르테스가 건설한 성은 카일은 물론이거니와 그를 따라온 이들에게도 큰 위안이 되었다.

　"여긴……."

　평온한 기분으로 성안을 둘러보던 카일의 시야 안으로 의외의 건물이 들어왔다. 그러나 어디까지나 자신에게 의외일 뿐, 당연히 있이아 할 곳이라는 걸 알고 그는 쓴웃음을 지었다.

3

스테인드글라스를 투과해 들어온 형형색색의 빛이 성당 안을 은은하게 비췄다. 웅장함 대신 소박한 느낌이 강한 소규모의 성당 안에는 열댓 명의 사람이 긴 의자에 앉아 눈을 감고 기도 중이었다. 코르테스는 방해되지 않게 문을 살짝 열어 안을 들여다보곤 도로 닫았다.

"카일 님과 엘레힘 교단과의 관계가 썩 좋지 않다는 걸 알고 있지만, 아무래도 이런 전란 속에선 마음의 안식처가 필요하게 마련입니다. 나름 신경을 썼는데 괜찮을지 모르겠군요."

아까 카일의 표정이 일순간 변했다는 걸 알아챈 코르테스는 조심스럽게 말을 꺼냈다.

"저야 뭐 어찌 됐든 상관없습니다. 카트리나 맘에 들면 그걸로 충분하죠."

"그, 그렇습니까?"

코르테스는 말끝을 흐리며 혹시라도 카일의 비위를 건드리지 않았나 계속 눈치를 살폈다. 그를 따라다니던 수행원들의 반응 역시 비슷했다.

"코르테스 님, 편하게 대하십시오. 설마 저 몰래 뒤가 구린 짓을 하진 않았겠죠?"

"무, 물론입니다!"

"아무래도 절 어렵게 대하는 게 코르테스 님 쪽에서 더 편하실 것 같군요. 하하하……."

"끄응, 예전에 제가 한 짓 때문인지 이렇게 항시 긴장하는 쪽이 나을지도 모르겠습니다. 조금이라도 마음이 풀리면 옛날의 저로 돌아가 버릴 것 같아서 말입니다."

카일의 표정이 부드러워지자 코르테스는 그제야 안심하며 한숨을 돌렸다. 카일과의 충격적인 첫 만남 때문인지 코르테스는 그 앞에선 행동 하나하나 신경 쓰지 않을 수 없었다.

"원래대로라면 오늘 저녁 성대한 잔치를 벌일 예정이었습니다만, 카트리나 님의 몸 상태가 좋지 않으시니……. 내심 안타깝습니다. 오늘만큼 적절한 날도 없는데."

"그러고 보니 오늘 무슨 특별한 날입니까?"

"네? 모르고 계셨습니까? 오늘로부터 정확히 22년 전, 카일 님 덕분에 마족과의 전쟁이 끝나지 않았습니까?"

"아."

1305년 7월 11일.

기나긴 혈투 끝에 암흑의 화신 제이블란트를 봉인했던 7월 11일이 바로 오늘임을 카일은 뒤늦게 깨달았다.

"그랬구나……."

카일은 기뻐하지 않고 담담하게 과거를 떠올리며 먼 곳을 응시했다. 그를 제외한 모든 이에게 지금의 전란은 20년이란 평화 후에 찾아온 기습이었지만, 석화되어 시간을 뛰어넘은 그에게 있어선 짧은 휴식 후 찾아온 일상이나 마찬가지였다. 그래서 암흑의 화신을 봉인한 당사자임에도 봉인한 날을 특별히 염두에 두지 않았다.

카일이 입을 다물자 분위기가 갑자기 착 가라앉았다. 의도와 달리 묘하게 상황이 흘러가자 코르테스는 땀이 맺힌 머리를 스윽 닦아내며 곤란한 표정을 지었다.

"아, 이게 있었지!"

코르테스는 품에서 무언가를 꺼내 카일에게 건넸다.

"한 달 전에 온 아르고스 경의 편지입니다."

"그 사람의?"

이 성을 짓는 데 아르고스의 지원이 있다는 걸 이미 알고 있었지만 굳이 자신에게 편지까지 보낼 줄은 몰랐다.

카일은 편지를 펼치고 담담하게 읽기 시작했다. 그리고 한 문단씩 읽어 내려갈 때마다 입술 왼쪽 끝이 살짝 꿈틀거렸다.

"뭐, 별 내용 없네요. 끝까지 페이서를 돌봐주지 못해서 미안하다, 이런 식으로 도와줄 수밖에 없는 날 용서해 달라, 디케이드로부터 나라를 구해준 이들을 그냥 보내서 면목이 없다…… 이 사람은 도대체 뭘 그리 잘못했기에 말끝마다 죄책감이 묻어나는지 모르겠군요. 누가 보면 죽을죄라도 지은 줄 알겠네."

"아무래도 프렐루드 성에서의 일 때문이 아니겠습니까?"

"그 사람이 잘못한 것도 아닌데 이거 원… 옛날 성격과 정반대라 도통 적응이 안 되네. 정작 마음고생이 심한 쪽은 따로 있는데."

카일은 먼저 숙소로 간 제이콥스를 떠올리며 한숨을 내쉬었다.

프렐루드 성에서의 전투 이후, 디케이드의 정체가 예전 자신의 상관이었던 케트란 장군이란 사실에 제이콥스는 한동안 말을 잃어버렸다. 지금은 그나마 겉보기엔 괜찮아 보였지만, 이전에 비해 홀로 있는 시간이 부쩍 늘어난 그를 카일은 내심 걱정 중이었다.

"으음? 이건 무슨 얘기지?"

사과로 일관된 서론을 휙휙 넘기고 본론을 읽기 시작한 카일은 의아한 반응을 보였다.

"마족과 교단 병력을 혼자 물러나게 만든 사람이라니……."

"아, 그 소문 말입니까?"

"혹시 그 소문에 대해 자세히 알 수 있을까요?"

코르테스는 수첩을 꺼내 휘리릭 페이지를 넘기더니 빨간 글씨로 중요하다고 강조한 부분을 찾아냈다.

"극비리에 입수한 정보입니다만, 엘레힘 교단의 성당기사단장 마르코 경과 웨어울프 공작 로베르토 간의 충돌이 있기

전 갑자기 나타난 한 남자에 의해 양쪽 모두 큰 피해를 입고 물러났다고 합니다."

"마족 공작과 성당기사단장 둘 다를?"

"네. 그런데 정작 그 둘이 마주친 장소가 전략적으로 중요한 지역도 아닌, 산골짝에 있는 작은 마을이라 여러 가지 추측이 오가고 있답니다. 무엇보다 그 둘을 제압할 정도의 실력자의 정체가 누구인지는 아직도 알려진 바가 없습니다."

'세상이 위기에 빠졌을 때, 정작 모습을 드러내는 고수들은 1/10도 안 돼. 아니, 정정한다. 1/100도 안 될걸? 왜 그런지는 세상에게 물어봐.'

카일은 반사적으로 스승 크리드가 했던 말을 떠올리며 턱을 어루만졌다. 세상사에 관여하길 거부하며 잠적한 고수 중 유일하게 카일이 알고 있는 자는 그의 스승뿐이었다.

'혹시 스승님이?'

카일은 혹시나 싶어 편지를 끝까지 읽었지만, 추가 정보 없이 서론에서 질리게 말했던 미안하다는 문구가 다시 반복될 뿐이었다. 이렇게 된 이상 직접 확인하는 수밖에 없었다.

"코르테스 님, 그 정체불명의 실력자가 나타났다는 장소가 어디입니까?"

엘레힘 신성력 1327년 7월 25일.

실버윙즈와 폴스타드 용병단이 휴식과 재정비에 들어간 사이 카일은 스승이라 짐작되는 인물을 찾아 길을 떠났다.

위치는 대륙 중앙에 위치한, 두 개의 거대한 산맥이 서로 교차한 곳에 있는 케이오스 마을이었다. 코르테스가 만든 성도 제법 산속 깊은 곳에 위치했지만, 지금 그가 향하는 케이오스 마을로 향하는 길은 그야말로 험한 산세가 끝없이 계속 이어졌다.

어디까지나 사적인 용무로 자리를 비우는 거라 혼자서 후딱 다녀올 계획이었지만, 가파른 산길을 걸어가는 카일의 곁엔 카트리나가 있었다.

"휴우, 좀 쉬었다가 가자."

카일은 등에 설쳐 멘 대검을 내려놓더니 바로 옆 계곡에 들어갔다. 허리까지 오는 물에 몸을 푹 담근 카일은 3분 넘게 잠수하며 열을 식혔다.

"푸핫!"

물보라를 일으키며 물속에서 나온 카일이 머리를 좌우로

흔들었다. 때마침 불어온 바람이 그에게 시원함을 안겨주었다.

"이제야 좀 살 것 같네요."

카트리나는 신발을 벗고 바위 위에 걸터앉더니 두 발을 차가운 계곡물 안에 담갔다. 카일은 그런 그녀를 안쓰러운 시선으로 바라보며 옆에 다가갔다.

"여기까지 와서 이런 말 하긴 좀 그렇지만, 정말 괜찮겠어?"

"그 말, 벌써 오늘만 몇 번째인 줄 알아요?"

어떤 이유에서든 카일과 떨어지기 싫었던 카트리나는 몸이 아직 완전히 회복되지 않았음에도 그를 따라왔다. 다행히 열흘 넘게 이동했음에도 겉보기엔 멀쩡했지만, 사람 몸은 언제 어떻게 변할지 모르는 터라 카일의 근심은 사라지지 않았다.

"아무래도 단둘이 다니면 위험할 수도 있고, 주변 시선도 고려해야 하잖아?"

"카일, 우리들이 지금 누구와 싸우러 가는 것도 아니잖아요. 그리고 그 위험하다는 말은 어떤 의미로 위험하다는 거죠?"

"우리는 애들이 아니니……."

"오히려 애들이 아니니 위험하지 않죠. 무슨 일이 일어나든 서로 책임을 질 수 있는 나이니까요. 게다가 리에트라는 아가씨하곤 꽤 오랫동안 단둘이서 다녔다면서요?"

"으……."

성을 떠나기 전날, 술에 취한 포르칸이 무심코 내뱉은 말 때문에 리에트에 대해 알아버린 카트리나의 눈매가 그녀답지 않게 살짝 날카로워졌다. 덕분에 참으로 오래간만에 카트리나 앞에서 말문이 막혀 버린 카일이었다.

"그 애하곤 아무런 일도 없었어."

"흐응… '그 애' 라고 부르는군요."

"그, 그야 우리 입장에선 애잖아? 난 실제 40대 중반이고, 넌 40대 초… 30대 후반이니."

"그렇군요. 만약 우리가 평범하게 결혼해서 자식을 키웠다면 그 나이 또래의 아가씨야 애로 보이겠죠."

카일의 말에 긍정하긴 했지만, 왠지 모르게 그녀의 말에 날카로운 가시가 섞인 듯한 기분을 지우기 힘들었다.

"그거 알아요? 전 당신과 단둘이서 어딜 가본 적이 한 번도 없었어요. 그래서 한 달 동안 휴가를 얻었으니 마음의 휴식 겸 따라온 거랍니다."

"난 어디까지나 널 걱정해서……."

"거기까지. 난 지금 당신과 함께 있어서 즐겁답니다. 아무쪼록 이 즐거운 기분을 그냥 만끽하게 해주세요."

자연스럽게 얼굴에 피어오른 그녀의 미소에 카일은 설득을 관두고 쓴웃음을 지었다.

　가볍게 물장구를 치면서 흘러내린 머리를 귀 너머로 넘기는 카트리나를 계속 보고 있자 그녀가 여자라는 사실이 새삼 인식됐다.

　"그래, 우리는 원래 이런 식으로 이야기했었지."

　"당신은 예전에 비해 많이 부드러워졌지만요."

　카일 앞에선 딱딱 똑 부러지게 말하는 카트리나와 그런 그녀를 비아냥거리던 카일.

　시간이 흘렀지만 한쪽은 여전히 20대 중반의 젊음을 그대로 간직했고, 다른 한쪽은 30대 후반이라는 나이에 걸맞지 않게 어린 외모를 그대로 유지했다.

　"정말… 즐거워요."

　전쟁 없는 곳으로 단둘이 떠나 살고 싶다는 그때의 말은 이뤄지지 않았지만, 카일과 단둘이서 이렇게 일상적인 이야기를 나눌 수 있다는 자체만으로도 카트리나는 기뻤다. 그리고 지금 이 순간의 추억을 담아두기 위해 오랫동안 쓴 일기장까지 품에 지니고 왔다.

　"진짜 몬스터 하나 보이지 않는 평화로운 곳이로군요."

　"그러게. 진짜 휴가 나온 기분이야."

　아무래도 대륙 전체가 전쟁에 휩싸인 상황이니 마족이나

하다못해 몬스터의 습격을 대비했지만, 막상 길을 떠난 이후로 평화로운 하루가 계속 이어졌다. 진짜 전쟁이 일어나긴 했나 의심스러울 정도로.

"그러고 보니, 나도 휴가를 받아본 지는 꽤 오래된 거 같아. 용병단 시절엔 몇 번 받아봤지만."

"그땐 어떻게 휴가를 보냈나요?"

"다른 녀석들은 대부분 술을 마시거나 여자에 쏟아붓곤 했지."

"당신도요?"

"나는 그런 것엔 영 관심이 안 가서 돈 생기는 족족 고아원으로 보냈어. 결국 휴가 때도 어딜 간 적은 없었네, 나."

카일은 뭔가 재미없는 일상을 보냈다고 회상하며 뒤통수를 긁었다.

"그랬군요."

반면 카트리나는 여자에 쏟아붓지 않았다는 간접적인 표현에 두 눈을 지그시 감더니 싱긋 웃었다. 하지만 고개를 숙이고 있어서 카일의 시야엔 그녀의 미소가 들어오지 않았다.

"전쟁이 끝나면 그 고아원에 당신과 함께 가고 싶어요."

"그럴까?"

"네, 약속이에요."

카트리나는 왼손을 뻗어 카일의 오른손을 꼬옥 붙잡았다.

'이럴 땐 으음… 어떻게 해야 하지?'

이대로 계속 손만 붙잡고 있어야 할지, 아니면 뭔가 더 해야 하는지 사이에서 갈등하며 카일은 입을 굳게 다물었다. 카트리나는 카일 쪽을 한 번 쳐다보곤 그저 아무 말 없이 계곡을 바라볼 뿐이었다. 물장구치는 소리만 간간히 들릴 뿐, 둘 사이의 침묵이 길게 이어졌다.

그렇게 10여 분 넘게 시간이 흐르자 카일은 손가락 사이를 슬그머니 벌려 카트리나의 왼손과 깍지를 꼈다. 그러자 카트리나가 살짝 놀라며 움찔거렸지만 단지 그것뿐, 더 이상 뭔가 진전은 없었다.

"흠흠, 다들 볼일은 끝났나?"

"……!"

등 뒤에서 들린 제삼자의 목소리에 카일은 반사적으로 땅바닥에 놔뒀던 대검 쪽으로 뛰어들었다.

잽싸게 검집에서 대검을 뽑아 오른손에 움켜쥔 카일은 나무 뒤에서 모습을 드러낸 청년을 노려보았다.

"나도 눈치란 게 있어서… 웬만하면 청춘 남녀 간의 일이 끝나기를 기다렸거든. 그런데 아무리 봐도 뭔가 일어날 기색은 안 보이고, 그렇다고 계속 기다리기엔 뭐해서 말이야."

청년의 붉은 눈동자와 살짝 벌린 입술 사이로 날카로운 송곳니를 본 카일은 다급히 카트리나의 앞을 가로막았다.

"뱀파이어?"

"어이어이, 아무리 내가 어둠의 후예라고해도 보자마자 무기부터 꺼내 드는 건 좀 아니지 않아? 여긴 아까 너희가 말한 대로 평화로운 곳이라고."

청년은 아무것도 들지 않은 양손을 펼쳐 보이며 적의가 없음을 드러냈다. 하지만 카일의 살기는 조금도 가라앉지 않았다.

"그렇다고 검 대신 흑염의 기운을 풀풀 풍기면 그건 그것대로 안 좋아. 아무튼 네가 카일이란 인간, 맞지?"

"그래, 맞는데?"

"난 그 녀석이 보내서 대신 마중 나왔어. 아, 내 이름부터 밝혀야겠지? 슈겔이라고 불러줘."

"그 녀석?"

"너도 대충 짐작하고 여기까지 왔을 텐데 모르는 척하긴……. 네 스승인 크로이드 만나러 온 거잖아?"

슈겔은 입 사이로 살짝 튀어나온 송곳니를 튕기며 카일에게 다가갔다. 카일은 슈겔이라 자신을 밝힌 뱀파이어가 스승과 아는 사이로 보였지만, 그가 말한 이름과 스승의 이름은 미묘하게 달랐다.

"크로이드? 크리드가 아니라?"

"그냥 그 이름 질려서 새 걸로 바꿨다고 말하면 넌 이해할 거라던데?"

"하긴 스승님이라면… 그런데 내가 올 걸 어떻게 알고 여기까지 왔지?"

카일은 자신의 목적지가 케이오스 마을이라는 사실을 일부러 밝히지 않았다. 제법 친근하게 이야기를 건네는 슈겔을 상대로 살기는 어느 정도 누그러들었지만, 코델리아를 제외하곤 마족과 이렇게 이야기를 나눈 적이 없었기에 어색한 기분은 지우기 힘들었다.

"그 인간, 저 멀리서 흑염의 기운이 느껴진다고 날 대신 보냈다고. 멀리서 제자가 찾아오는데 그 녀석이 왜 직접 마중 나오지 않았냐에 대해서는 우선 이것부터 하고 나서 설명할게."

슈겔은 고개를 돌려 먼 곳을 응시하더니 송곳니로 새끼손가락을 살짝 깨물었다.

땅바닥에 떨어진 핏방울이 꿈틀거리면서 거대한 원을 그렸고, 그 원 안으로 붉은색의 육망성과 룬 문자가 지면 위로 모습을 드러냈다.

"마을 안으로 통하는 마법진이다. 아무래도 마을로 직접 들어오는 길을 알려주기엔 여러모로 곤란해서 말이지, 대신 편하게 이동시켜 줄 테니 이해해 달라고."

"널 어떻게 믿고 따라가지? 가려면 혼자 가든가."

"하긴 그것도 그렇군. 그러면 사용하든 말든 맘대로 하라고."

"어, 잠깐!"

슈겔은 거리낌 없이 홀로 마법진 안으로 들어갔다.

카일은 뒤늦게 손을 내밀며 붙잡으려고 했지만, 마법진 위로 붉은빛이 확 뿜어져 나오더니 일순간 슈겔의 모습이 온데간데없이 사라졌다. 카일은 허망하게 내민 손을 거두더니 왼쪽 뺨을 긁으며 멋쩍은 표정을 지었다.

"하아, 가라고 하니 진짜 가버리네."

카일은 주로 '그런 말'을 듣는 입장에서 하는 쪽이 되어버리자 어떻게 해야 할지 갈피를 잡지 못했다. 반면 카트리나는 벗어놨던 신발을 신고서 아까 슈겔이 순식간에 그렸던 마법진 근처로 조심스럽게 다가갔다.

"카트리나, 그 뱀파이어가 뭔가 수작 걸어놓은 거 있어?"

"글쎄요. 저의 신성마법과 궤가 달라 자세히 설명할 수는 없겠지만, 공간이동용 마법진은 맞는 것 같네요. 제럴드가 있었다면 확실히 알 수 있었겠지만……."

그녀는 제럴드의 부재를 안타까워하면서 마법진 위로 손을 스윽 올려놨다가 천천히 밖으로 빼냈다.

"저 마법진이 연결된 장소에 마족이 잔뜩 대기할 가능성도 있어."

"하지만 저희를 습격하려고 했다면, 아까 굳이 모습을 드러낼 필요는 없지 않았나요? 게다가 그 뱀파이어, 왠지 모르게 강해 보였어요."

"긴장 풀긴 했어도 내 감지 능력으로도 발견 안 되는 뭔가가 있기도 하고. 흐음, 어떻게 해야 할까……."

카일은 지도를 펼쳐 목적지인 케이오스 마을과 현 위치를 비교하며 갈등했다. 슈겔의 말대로 아직 케이오스 마을까지 가려면 배배 꼬인 산길을 며칠 더 이동해야 한다. 그렇다고 저 진짜일지 아닐지 모르는 마을까지의 공간이동용 마법진을 이용하기엔 뭔가 '애매하게' 위험했다.

그렇게 카일이 고민하던 도중, 마법진이 다시 빛을 발하기 시작했다.

"휴우, 몇십 년 만에 써보는 마법이라 혹시라도 실패할까 조마조마했네. 그나저나 역시 처음부터 널 데리고 올걸 그랬어."

슈겔의 푸념과 함께 그의 등 뒤에 또 한 명의 형상이 흐릿하게 떠오르더니, 빛이 사라지면서 선명하게 모습을 드러냈다.

"너는……."

중년으로 보이는 남자는 카일을 바라보더니 짧게 다듬은 턱수염을 매만지며 20여 년 전의 기억을 더듬었다.

아직 소년일 때 만났던 어린 제자와, 지금 서로 시선을 교환 중인 청년의 얼굴은 확연히 달랐지만, 카일의 몸 안에서 꿈틀대고 있는 흑염의 기운만으로도 자신의 옛 제자임이 분명했다.

"그래, 오래간만이로구나."

그는 사람이 시간이 흐르면서 어떻게 변하고 늙어가는지 지겹게 봐왔다. 그의 뇌리에 떠오른 어린 소년의 얼굴이 서서히 변하면서 20대 중반 청년의 날카로운 이미지로 변했다. 그가 상상한 얼굴 여기저기에 크고 작은 흉터들만 덧붙인다면 지금 그가 보고 있는 카일의 얼굴과 거의 똑같았다.

"원래대로라면 40대 중반의 나이일 텐데, 진짜 20년 동안 석화되었던 게 맞나 보군."

카일을 만났을 당시의 이름은 크리드였고, 지금은 크로이드란 이름으로 바꾼 그는 담담한 어조로 말을 이어갔다.

하지만 카일은 갑작스럽게 나타난, 옛날 기억 그대로의 모습의 스승 앞에서 말문이 막혔다.

"저, 정말 크리드 스승님 맞습니까?"

"보면 모르겠냐?"

"옛날 모습 그대로라서 믿기 힘들 정도입니다. 20년도 더 시간이 흘렀을 텐데… 어?"

카일은 대검 대신 다크블로우를 뽑아 들더니 손짓으로 카트리나를 뒤로 물러서게 했다. 믿기 힘들 정도가 아니라, 믿어서는 안 된다는 걸 뒤늦게 깨달았기 때문이다.

"넌 누구지?"

5

엘레힘 신성력 1327년 7월 20일.

프렐루드 성에서의 격전 이후, 페이서 일행이 다른 이들의 눈을 피해 산속 깊은 곳으로 숨어 들어간 지 수개월이 지났다.

그들이 인간과 마족 간의 전쟁에 끼어들지 않은 이유는 크게 두 가지였다. 코델리아가 블러드 스트림에서 어렵게 얻은 진혈의 힘을 완벽하게 다루기 위해선 시간이 필요했고, 무엇보다 시력을 상실한 제럴드에게 요양은 필수적이었다.

그러나 제럴드는 쉬기는커녕 눈이 보이지 않는다는 단점을 장점으로 바꾸기 위해 사력을 다했다. 항시 명상을 유지하면서 어둠으로 점철된 시야에 생명체가 지닌 마나가 드러나도록 감지력을 키웠다. 그 결과 제럴드는 어둠 속에서 새로운 '시각'을 얻었고, 마나의 열기에 근거해 더 섬세하게 모든 것을 파악하기에 이르렀다.

그렇게 새로운 '눈'을 얻은 제럴드는 보름 전에 도착한 한 통의 편지를 움켜쥐고 일행과 함께 숲을 떠났다.

"미안하군요. 먼저 그곳으로 가야 했는데."

제럴드는 다른 이들의 부축 없이 자연스럽게 걸어가면서 자신을 우선시해 준 동료들에게 미안함을 표했다.

"괜찮아."

리에트는 짤막하면서 동시에 진심이 담긴 대답을 했고, 페이서와 코델리아는 대답 대신 고개를 가로저으며 제럴드의 부담을 덜어주었다.

아르고스의 편지엔 옛 용사 일행의 거점으로 새롭게 건설한 성으로 와달라는 부탁이 적혀 있었다. 그리고 오랫동안 행방불명되었던 제럴드의 스승 제이스의 거처를 발견했다는 이야기가 말미에 덧붙여 있었다.

제럴드는 감정을 억누르고 우선 코르테스가 세운 성으로 가자고 말했지만, 그를 제외한 다른 이는 모두 그의 스승부터 찾아가자고 주장했다.

"제럴드, 이곳 같은데?"

지도를 볼 수 없는 제럴드 대신 페이서가 오른손 검지로 정면을 가리켰다. 인구가 100명도 채 안 되는 작은 마을 안으로 들어간 페이서 일행은 마을 촌장과 이야기를 나눈 뒤 제이스가 머물고 있는 집 쪽으로 발길을 돌렸다.

"그 노인이라면 여기에 머무른 지 몇 달 되었습죠. 처음에는 나라에서 높으신 분들이 오셔서 그 노인을 잘 부탁한다고 당부해서 꽤 신경 썼지만, 그 뒤로 단 한 명도 찾아오질 않더군요. 솔직히 말한다면, 골칫거리를 떠맡은 기분입니다."

촌장은 마을을 가로지르는 강가 너머의 작은 집 앞으로 일행을 안내한 뒤, 안락의자에 등을 기대고 앉아 있는 노인을 가리켰다.

"이 노인이 맞습니까?"

어둠으로 점철된 제럴드의 시야에 미약한 마나가 감지되었다. 대마법사라 불리던 이의 마나라고 보기엔 힘들었지만, 그의 스승 제이스의 마나가 분명했다.

"혹시 제이스 님 맞으십니까?"

제럴드의 물음에 노인은 초점 없는 눈으로 먼 곳을 응시할 뿐이었다.

"제이스 스승님 맞으시죠? 접니다! 제럴드입니다!"

"제럴… 드?"

제럴드라는 말에 노인이 힘겹게 고개를 옆으로 돌리더니, 시각을 잃어버린 제자를 우두커니 쳐다봤다.

"내가 제이스라는 사람이 맞긴 합니다만, 당신은 누굽니까? 제럴드는 어디 있고?"

"스승님! 제가 제럴드입니다! 혹시 이거 때문에 못 알아보셨습니까?"

제럴드는 눈을 가리고 있던 머리띠를 푸르고 흉터가 남은 얼굴을 보여주었다. 하지만 노인은 제럴드의 얼굴을 뚫어져라 쳐다보곤 고개를 가로저었다.

"이런이런, 사람을 잘못 찾았나 보군. 우연히 이름이 같아서 혼동한 모양인데, 내 귀여운 제자는 아직 소년티도 못 벗은 아이랍니다. 당신은 아무리 봐도 나와 동년배로 보이는데?"

"네?"

"그 실력으론 아직 전투에 나서긴 위험하다고 말렸지만, 나 몰래 나가 버린 당돌한 녀석이기도 하지요. 허허허……. 그런데 당신이 찾고 있는 스승의 이름도 제이스입니까? 게다가 당신의 이름은 내 제자와 같고? 참 기막힌 우연이군요."

제이스의 머리는 20여 년 전 전쟁이 끝났던 시점보다도 전, 제럴드가 마탑을 나왔던 당시로 되돌아간 상태였다.

Chapter 33
그녀의 고백

1

엘레힘 신성력 1327년 7월 25일.

카일을 중심으로 어둠의 기운이 지면을 타고 사방으로 퍼
져 나갔다. 토끼와 사슴은 물론 늑대 같은 육식동물까지 놀라
숲 바깥쪽을 향해 도망치기 시작했다. 나무에 앉아 있던 새들
이 일제히 하늘로 날아오르며 고요함을 깨뜨렸다.

"다시 물어보겠어. 넌 누구지? 스승님과는 어떤 사이냐?"

카일은 마지막으로 봤던 20여 년 전의 스승과 똑같은 외모
로 나타난, 스승일 거라 믿을 뻔했던 남자를 향해 검을 들이

밀었다.

정작 크로이드와 슈겔 쪽은 긴장감 따위 전혀 없이 그저 난 감한 표정을 지었다.

"크로이드, 어떻게 된 거야? 네가 오면 납득할 거라며?"

"잠깐만 기다려 봐."

크로이드는 카일이 펼친 어둠의 기운 속에서도 여유를 잃지 않고 오른손으로 관자놀이를 툭툭 두들기며 기억을 더듬었다.

"난 분명히 카일, 너에게 나에 대해 몇 번이나 말했던 기억이 있는데⋯⋯. 기억 안 나냐?"

"무슨 소리지?"

"내 나이에 대해 물어본 적 있었잖아?"

크로이드의 질문에 이번엔 카일 쪽에서 과거 회상에 들어갔다.

'내 나이? 언제부터인가 세는 걸 포기해서 자세히는 모르지만, 몇백 년은 되었을 거다. 응? 그런데 왜 중년으로 보이냐고? 그야 불로(不老)라는 저주를 받았으니까.'

"그거 스승님이 술에 취해서 했던 말이었을 텐데? 아무리 그때 내가 꼬맹이였어도 그딴 말을 믿을 리 없잖아."

"수백 년 이상 살았다는 말?"

"그래, 그거."

"맞아, 그 말. 너도 기억하고 있으니 내가 제대로 '옮기긴'
했나 보군."

"어……."

"기억을 거슬러 올라가 보니 여러 가지가 막 생생하게 떠
올라. 처음 나에게 온 날 기억하냐? 네 녀석은 일주일 내내 매
일 울기만 했지. 내가 제자를 받은 건지 보모 역할을 떠맡은
건지 혼동될 정도였다니까. 그리고 또 뭐냐, 같잖은 음식 투
정을 하기에 며칠 동안 굶겨놓으니 그제야 아무 거나 주는 대
로 잘 먹었던 적도 있었고, 그다음에는……."

"어, 음……."

상대를 위협하기 위해 펼쳤던 어둠의 기운이 카일의 의지
와 상관없이 공기 중에 흩어지듯 사그라졌다. 스승과 자신만
의 이야기가 거침없이 흘러나오자 카일은 말을 더듬으며 당
황했다.

그럼에도 크로이드의 이야기는 끝을 모르고 계속 이어졌
다. 말투나 이야기하는 내내 보여주는 버릇은 분명히 카일의
스승 '크리드'가 분명했다.

"알았습니다! 알았다고요! 그러니 그만 말하십쇼!"

결국 카일은 소리를 지르며 크로이드의 말을 중단시켰다.

애써 본인이 잊어버렸던 과거의 치부마저 낱낱이 풀어낸 저 남자가 스승이 아니라면 카일이 알고 있는 스승은 없다고 확신했다.

"역시 준비를 따로 하길 잘했군."

"그것 때문에 나 혼자 마중 나가라고 그런 거였냐?"

"예전에 옮겨놨던 기억 중에 이 녀석에 대한 것만 다시 주입시키느라 시간이 좀 걸렸거든."

'기억을 옮겨? 무슨 의미지?'

크로이드와 슈겔의 이야기를 듣던 도중 또다시 의문이 피어올랐지만, 의문과는 별개로 더 이상 크로이드가 스승이라는 사실을 부정할 순 없었다.

"자! 스승과 제자가 몇십 년 만에 재회했으니 제대로 된 자리에서 이야기 나눠야 하지 않겠어? 여기 말고 마을로 가자고."

슈겔은 아까 사용했던 공간이동용 마법진을 가리켰다.

2

시야를 휘감았던 붉은빛이 사라지면서 한적한 마을의 풍경이 카일의 눈에 들어왔다.

"여기가?"

아무리 봐도 두 세력이 격돌할 뻔했던 장소로는 여겨지지 않았다. 고대 문명의 유적이라든가, 담쟁이 넝쿨로 뒤덮인 신전이라도 있기를 기대했지만 대륙 분위기와 걸맞지 않게 평화롭고 조용한 마을이었다.

대신 다른 곳에서는 절대 볼 수 없는 특이한 광경을 본 카일은 오른손을 급하게 등으로 옮겼다.

"아, 이 마을에선 모두 지켜야 할 규칙이 있어. 누굴 만나더라도 적의를 드러내지 마."

슈겔은 막 검을 뽑아 들려던 카일의 앞을 손을 내밀며 막았다.

"지금처럼 반사적으로 검자루를 움켜쥐지 말란 이야기지. 다시 한 번 그러면 아예 무기를 놓고 들어와야 할 거야."

마을 광장에 모여 뭔가를 만들고 있던 트롤과 오크들은 슈겔을 알아보고 인사를 한 뒤, 아무 일도 없었다는 듯 원래 하던 일에 열중했다.

"어, 인간까지?"

몬스터들 사이에 껴서 일하는 인간들을 발견한 카일은 어리둥절한 기분에 휩싸였다.

"왜? 신기해?"

슈겔은 카일과 카트리나에게 따라오라고 손짓한 뒤, 자신의 오두막을 향해 발길을 돌렸다. 가던 도중 마주친 오크 여성, 인간 청년, 오우거까지 본 카일은 계속 내면에서 피어오르는 살기를 억누르기 위해 안간힘을 썼다.

"세상의 상식이 꼭 올바르다고 생각하진 말라고."

갑작스러운 상황 변화에 도무지 적응 못하는 카일을 보고 슈겔은 가볍게 미소 지었다.

오두막에 도착한 슈겔은 먼저 안으로 들어가 나무 의자를 두 개 집어 들고 오두막 밖에 설치된 테이블 옆에 놔뒀다.

"자, 앉아. 흐음, 네 명이니 찻잔도 더 가지고 와야겠어. 우선 여기서 기다려."

혼자서 주절주절 말하던 슈겔이 오두막 안으로 들어가 버리자 의자에 앉은 카일과 카트리나는 주변을 빙 둘러보았다.

그토록 만나고 싶었던 스승, 지금은 크리드가 아닌 크로이드와 마주한 카일이었지만 막상 무슨 말을 해야 할지 막막했다. 크로이드는 크로이드 나름대로 카일과의 기억을 머릿속에서 정리하느라 입을 다물어서 의도치 않은 침묵이 길게 이어졌다.

"비석?"

오두막 주위를 둘러보던 카일은 의외의 물건을 발견하고 몸을 앞으로 내밀었다. 특이하게도 오두막 옆에 작은 비석이 세워져 있었다.

"어, 스칼렛 라이트?"

비석에 적힌 성(姓)은 결코 낯설지 않았다. 대대로 용사를 배출한 가문의 성이자, 페이서의 성이기도 했기에.

"어이, 그건 건들지 마. 크로이드만 어루만질 수 있거든. 그리고 아무래도 불안해서 안 되겠다. 이건 압수하겠어."

슈겔은 카일의 등에서 대검을 휙 뽑아냈다. 또 다른 검 다크블로우까지 뽑아내려고 했지만, 잽싸게 카일이 슈겔의 손을 쳐내며 저지했다.

"쓸데없는 분쟁은 일으키지 않겠어."

"그래, 약속은 꼭 지켜줘. 그런데 이 검 어디서 본 것 같은 데……."

슈겔은 카일이 20여 년 전부터 써왔던, 이름 없는 대검을 얼굴 가까이 가져가며 꼼꼼히 살펴봤다. 하지만 이내 얼굴을 찌푸리며 오두막 옆에 대검을 내려놨다.

"하필이면 두뇌에서 소거해 다른 곳에 옮겨놓은 기억과 관련된 것 같아. 이럴 땐 진짜 짜증 나는데."

슈겔은 카일과 카트리나 입장에선 도통 이해할 수 없는 말을 늘어놨다. 무슨 이야기인지 물어보려고 카일이 입을 열려는 순간, 슈겔이 탁자 위에 김이 피어오르는 찻잔을 내려놨다.

"자, 20년 만인가? 아니지, 그것보다 좀 더 오래되었지? 스승과 제자 간의 재회이니 마음껏 이야기를 나눠보라고."

카일은 차를 한 모금 들이켜고는 크로이드를 유심히 쳐다 봤다.

크로이드가 수백 년 살아왔다는 이야기야 들었을 당시엔 웃기지도 않는 농담으로 여겼다. 하지만 20년 넘는 시간이 흘 렀음에도 옛날과 똑같은 스승의 용모를 보고 있자니 농담이 현실로 다가왔다.

"스승님, 혹시 뱀파이어였습니까?"

"였습니까는 또 뭐냐? 였던 적도 없고 일 작정도 없다."

"그야 보통 인간이 그렇게 오래 살 수는 없잖아요. 말이 되 어야 말이지……."

자신의 어설픈 추측이 벗어나자 카일은 투덜거리며 찻잔 에 남은 차를 단숨에 들이켰다.

"상식은 무슨, 네가 겪은 일도 충분히 비상식적이야. 석화 되었던 인간이 그냥 풀려나다니. 그런 비상식적인 일이 꼭 너 에게만 일어나란 법도 있냐?"

"그러면 스승님도 저처럼 20년 동안 석화된 겁니까?"

"그건 아니다. 옛날에 너와 비슷한 경우를 겪긴 했지만 말 그대로 옛날의 일이지."

크로이드의 입에서 흘러나온 '옛날'이라는 단어가 훨씬 이전을 의미함을 카일은 느낄 수 있었다.

"불로(不老)의 저주를 받아 남들보다 오래 살고 있는 거야.

단지 그것뿐이지. 믿든 말든 그건 네 자유다. 그런데 여긴 어떻게 알고 온 거냐?"

"몇 달 전에 한바탕하셨다면서요? 마족 공작과 성당기사단장을 혼자서 상대할 만할 인물은 제가 알고 있는 한 스승님밖에 없었으니 혹시 하는 마음으로 와본 겁니다."

"반 이상이나 살려 보냈는데 한바탕은 무슨……. 그러면 왜 여기에 온 거냐? 설마 너, 나에게 저 참한 처자와 살림 꾸리게 되었다고 보고하러 온 건 아니겠지?"

"그런 농담은 별로 재미없습니다만."

"너야말로 그런 농담을 받아치는 방법이 글렀어. 옆을 봐라."

카트리나는 서글픈 얼굴로 옆에 앉아 있는 카일을 바라보고 있었다.

"부정하더라도 최소한 얼굴을 붉히거나, 조금이라도 당황하는 모습이라도 보여줘라. 그게 먼 길을 따라온 여자에 대한 매너다."

크로이드는 차를 마시면서 비석을 흘낏 쳐다봤다.

"그러면 아가씨가 엘레힘 교단의 가희(歌姬) 카트리나겠군."

"네? 아, 네. 옛날 일이지만요."

카트리나는 자신을 알아본 크로이드에 살짝 말을 더듬었

다. 그동안 주로 성녀라고 주로 불렸지, 가희란 별칭을 들어 보긴 그녀 입장에서 오래간만이었기 때문이다.

"주변에선 아가씨보고 성녀(聖女)라고 부르는 것 같던데, 난 성녀란 표현이 영 맘에 들지 않아. 조금이라도 자신의 감정대로 행동하면 욕을 퍼먹을 같잖은 칭호니까. 인간이란 참 웃겨. 자신을 위해 헌신한 은인에게 행동을 제약하는 칭호 따월 맘대로 붙여 버리거든."

크로이드는 품에서 여송연을 한 개비 꺼내더니 입에 물었다.

"그런데 스승님, 여긴 어떻게 된 겁니까?"

"맘에 안 드냐?"

"그런 건 아니지만 보기 힘든 광경이라는 건 분명하죠."

오랜 시간 동안 서로를 증오하며 싸운 인간, 그리고 몬스터와 마족들이 한데 섞여 살아가는 모습은 이질감을 넘어서 현실감 자체가 느껴지지 않았다. 뭣보다 아무리 불로의 저주를 받았다지만 20년이 넘게 지나도 하나도 바뀌지 않은 스승의 외모는 여전히 익숙해지기 힘들었다.

"여기도 바깥세상과 크게 다를 바 없다. 서로 좋아하다가도 어느샌가 싸우고, 기뻐하다가 금세 증오를 표출하기도 하지. 유일한 차이점이라면 바로 저거야."

여송연에 불을 붙인 크로이드는 연기를 길게 내뿜더니 마을 광장을 가리켰다.

여러 종족의 어린아이가 한데 뒤엉켜 놀고 있었다.

옷이 흙투성이가 되어버린 아이들을 꾸짖는 어머니의 모습.

그런 어머니에게 도망쳐 더 멀리 달아나는 아이들의 웃음소리.

자식 간의 실랑이를 넌지시 바라보더니 자신의 일에 열중하는 아버지의 반응.

인간에게서만 봐왔던 일상적인 모습들을 그저 죽이고 싸웠던 대상인 몬스터들을 통해 보게 될 줄은 카일은 예상 못했다. 그것도 인간과 한데 섞인 장면은 더더욱.

"그런데 넌 나에게 그동안 어떻게 지냈냐고 물어보진 않냐?"

"막상 만나보니까 그럭저럭 잘 지내고 계신 것 같아서 의미 없다고 느껴지는군요. 그리고 상투적인 인사말은 취향이 아니시지 않습니까?"

"여전히 툴툴대긴……."

서로 퉁명스럽게 대하는 스승과 제자의 모습을 카트리나는 엷은 미소를 지으며 바라봤다. 남들 앞에서 쉽게 보여주지 않는 말투와 표정이 드러난다는 것 자체가 친밀한 관계라는 증거였다.

"카일, 그러면 슬슬 본론으로 들어가야지?"

"본론이라뇨?"

"네 녀석이 그저 날 만나기 위해 여기까지 왔다고는 생각 안 한다. 구태의연하게 절 도와주십시오, 같은 부탁 하러 왔다면 미리 말해두마. 난 바깥세상 돌아가는 거에 그다지 관심 없다."

"흐음……."

카일은 안 그래도 단순히 오랫동안 만나지 못했던 스승을 보고 싶다는 마음 이면에 감춰져 있던, 힘이 되어달라는 이야기를 꺼내기 힘들었다. 그런데 스승 쪽에서 먼저 선수를 쳐버리자 시원하면서도 동시에 섭섭한 기분이 들었다.

"어차피 인간이 이기든 마족이 이기든 세상은 다시 원래대로 돌아갈 거다."

"그래서 택한 것이 방관입니까?"

"그러면 넌 뭘 택했냐?"

3

크로이드의 질문에 카일은 잠시 대답을 망설였다.

"복수냐?"

"복수라고 말하기엔 좀 애매합니다. 과거 저와 제 동료들

덕분에 살아난 인간 중 도와줄 가치가 있는 자들만 구해줄 생각이죠."

"그거 이미 내가 옛날에 한 번 택했던 방법이야. 그다지 효과가 있다고 보긴 힘들어."

크로이드는 입에 물고 있던 여송연을 오른손에 쥐더니 길게 연기를 뿜어냈다.

"어차피 인간이 이기든 마족이 이기든, 세상은 바뀌는 게 없을 거다. 난 그게 정말 증오스러워. 그래서 난 복수도, 네가 택한 길도 아닌, 방관이라는 또 하나의 길로 걸어갔을 뿐이다. 내 나이가 될 때까지 살다 보면 반복이 얼마나 지겹고 증오스러운지 알게 될 거다."

"그야 같은 일 반복하면 짜증 나긴 하지만, 그게 증오까지 이어질 정도입니까?"

카일이 기억하고 있는 크로이드는 증오라는 단어를 쉽게 입 밖으로 꺼내는 인물이 결코 아니었다. 외모야 이전과 달라진 부분이 없다 해도 성격은 조금이라도 옛날과 달라졌을 거라 추측했다. 하지만 이런 식의 변화는 카일이 원하던 방향이 아니었다.

"아, 그건 내가 대신 설명하도록 하지. 이 녀석은 말주변이 좋지 않아서."

슈겔이 스승과 제자 간의 대화를 중단시키더니 잠시 생각을 정리한 뒤 이야기를 풀어나갔다.

"아까 우리가 기억을 옮기니 뭐니 하는 이야기 들었지? 그리고 당연히 이해 못 했지?"

"네."

처음엔 반말로 대꾸했지만, 아무래도 스승의 친구라는 점을 무시할 순 없기에 카일의 대답은 존댓말로 바뀌었다.

"모든 생명체는 정해진 수명대로 살아가. 그리고 인간의 경우 아무리 장수해도 채 100년을 넘기기 힘들지. 그렇기에 인간의 육체와 정신은 그 수명에 맞춰 태어나지."

"그렇게 생각할 수도 있겠군요."

"문제는 보통 인간처럼 아무리 길어도 100년 넘게 못 사는 경우가 아닌, 저 녀석처럼 수백 년 넘게 살아오는 경우야."

"수백 년? 진심입니까?"

"내가 너한테 거짓말해서 얻는 게 뭐가 있는데?"

"……."

슈겔은 대답 대신 오히려 역으로 질문을 했고, 말문이 막힌 카일은 입을 다물었다.

"아무튼 하던 이야기 계속할게. 차라리 저 녀석이 처음부터 수백 년 이상 살아갈 운명이었고, 그 운명에 맞춰진 육체와 정신을 타고났다면 또 문제가 없어. 그런데 저 녀석은 과거 전쟁에서 얻은 불로의 저주 때문에 원치 않게 오래 살아가게 되었지. 그러면 뭐가 문제인지 알아? 망가지기 쉬워."

"네?"

"살아가면서 받을 수 있는 희로애락을 보통 인간들보다 몇 배는 더 겪어야 하고, 기쁨보다 좌절과 슬픔을 더 많이 겪게 되는 경우가 생길 수도 있다는 거지. 그러다 보면 육체와 정신이 버틸 수 있는 한계점을 넘어서게 되고."

"흐음, 그래도 반복된 기억을 증오할 정도까지야······."

카일은 슈겔의 설명에 나름 납득을 하면서도 크로이드의 입장을 이해하긴 힘들었다.

"너, 20년 만에 깨어나 보니 네 친구들이 죄다 몰락했지?"

그러던 도중, 슈겔 대신 크로이드가 입을 열었다.

"그랬죠."

"그리고 그 친구들을 다시 원래대로 되돌려 놔도 다시 똑같은 일이 한 번, 두 번에 멈추지 않고 계속 반복된다면 넌 어떻게 할 거냐?"

"······."

"지겨움을 넘어서 나중엔 세상 자체에 환멸을 느낄 거다."

전쟁은 영웅을 탄생시킨다.

하지만 전쟁 뒤에 찾아오는 평화는 정작 영웅을 필요로 하지 않는다. 결국 다시 전쟁이 터져야 영웅들은 잃어버렸던 가치를 되찾고, 같은 과정이 똑같이 그려진 그림마냥 반복된다.

"스승님은 도대체 얼마나 오래 산 겁니까?"

"이 녀석 보단 오래 살았다."

크로이드는 여송연을 탁자에 비벼 끈 뒤 태연하게 슈겔을 가리켰다.

"하지만 나보다 젊은 이 녀석이 아니었다면 난 미쳐 버렸을지도 몰라. 너를 제자로 받아들인 것이 그나마 변화 없는 세상에 대한 마지막 선택이었는데, 역시나 똑같은 결과였거든."

10년 동안 감옥에 갇히고, 그 뒤 또 10년이라는 시간 동안 술에 절어 지내던 페이서.

그리고 몰락의 길을 걸어가던 제럴드와 카트리나.

카일이 석화에서 풀려난 이후 그들은 조금씩 과거 전성기를 향해 달려가는 중이지만, 그렇다고 그들이 겪은 슬픔과 고통이 사라진 건 결코 아니었다.

그렇다면 그 세 명보다 훨씬 더 오랜 시간을 살아왔고, 그만큼 더 많은 고통과 좌절을 겪어야 했던 크로이드는 과연 어떻게 되었을까?

"그런 내가 슈겔을 만난 건 어찌 보면 행운이라고 할 수 있지. 뱀파이어의 마법 중 기억을 소거하는 마법이 있었고, 난 증오만을 불러일으키는 기억의 상당수를 제거해 다른 곳으로 옮겨놨다. 그럼에도 증오 자체는 완벽히 사라지지 않았어. 아쉽게도 기억이 소거당했다는 인식 자체도 남아 있고."

보통의 인간보다 훨씬 삶의 폭이 긴 뱀파이어들에겐 크로이드와 비슷한 경우가 적지 않았고, 그런 이유로 '기억의 보존'은 선택이 아닌 필수였기 때문이다.

"내가 너에게 마지막으로 가르칠 것이 있다면, 바로 이거다. 네가 뭔 짓을 하더라도 세상은 바뀌지 않아. 똑같은 일의 지겨운 반복뿐이지."

세상이 위험에 처해도 나오지 않는 고수들의 이야기, 그것은 다름 아닌 크로이드 본인의 이야기였다.

"그러면 너에게 물어보겠다. 넌 내 말을 듣고도 세상으로 뛰어나가 날뛸 거냐?"

"그야 전 스승님처럼 세상을 여러 번 구한 적이 없으니까요. 이번에도 구한다면 고작 2번째 아닙니까? 뭣보다 일 벌려놓고 도망치기엔 너무 늦었어요."

"……."

"스승님의 입장을 아주 이해 못 하는 건 아닙니다. 하지만… 전 스승님이 아니니 어쩔 수 없지요. 까놓고 말하면 저도 이번이 마지막입니다. 다른 동료들이 저렇게 묻히는 걸 보고 싶지 않아서 한 번 더 들고 일어섰지만, 그 이후에도 똑같은 꼴 나오면 마족보단 인간부터 멸종시킬 겁니다."

"흐음……."

"솔직히 지금와선 스승님의 선택이 틀렸냐 아니냐는 관심 없습니다. 단, 세상을 등졌다는 말과 달리 스승님에게서 뭔가 미련 같은 게 느껴집니다. 정말로 세상에 대해 아무런 관심조차 없나요?"

반복된 역사와 관련된 기억 중, 반드시 필요하다고 여겨 남긴 추억 중 하나가 크로이드의 뇌리에 떠올랐다. 그는 역대 빛의 용사 중 한 명이었던 스칼렛의 비석을 넌지시 쳐다보았다.

'당신은 이렇게 강한 힘을 지니고도 왜 세상으로 나오려 하지 않나요?'

"같은 질문에 똑같은 대답 하기는 영 질색인데……."

"네?"

"그냥 혼잣말이니 신경 꺼라. 아무튼 네 물음에는 굳이 답하지 않겠다. 구차한 변명 따위 늘어놓고 싶지 않거든."

크로이드는 앞서 취했던 단호한 태도와 달리 어물쩡한 대답을 남겼다. 그리고 카트리나를 바라보더니 카일에게 물러서라는 손짓을 했다.

"넌 잠시 자리 좀 비켜봐라. 난 이 아가씨와 할 이야기가 있다."

"네?"

"잔말 말고. 시선 안 닿는 곳으로 비켜."

카일은 거의 떠밀리다시피 테이블에서 쫓겨났다. 슈겔과 함께 카일이 오두막 뒤로 사라진 걸 확인한 크로이드는 대뜸 카트리나를 향해 오른손을 내밀었다.

"그 안에 숨기고 있는 거 내놔봐."

"네?"

카트리나는 얼떨떨한 표정을 지으며 일기장을 내밀었다. 하지만 크로이드는 고개를 저으며 여전히 그녀의 품 안을 가리켰다.

"그거 말고 요거."

그녀는 계속 망설이다가 결국엔 카일에게 건네받았던 시드를 꺼냈다. 크로이드는 정육면체 모양의 시드를 검지와 엄지 사이에 끼고 이리저리 돌려보았다.

"이건… 슈겔 녀석에게 물어봐야겠군."

"나 말이야?"

말이 떨어지게 무섭게 다시 나타난 슈겔이 크로이드의 어깨너머로 얼굴을 불쑥 내밀었다. 그 역시 크로이드처럼 시드를 꼼꼼히 살펴보며 눈을 깜박거렸다.

"흐음, 어렴풋이 기억날 듯 말 듯한데. 오래전 기억 중 쓸모없어 보이는 건 소거해 버리지만, 막상 이럴 때 필요하다는 걸 뒤늦게 깨달으니 이거야 원⋯⋯."

슈겔은 시드를 도로 카트리나에게 건네주었다. 순간 그녀
와 손가락이 닿았고, 슈겔은 아까보다 더 크게 눈을 떴다.

"어, 아가씨는⋯ 아이고, 왜 여기에서 막혀 버리는 거지?
기억을 다시 정리해야겠는데."

사실을 알았음에도 그 원인과 과정까진 기억해 내지 못한
슈겔이 카트리나의 손을 덥석 붙잡았다.

"잠깐만. 흐음, 이 느낌은 분명히 언제였던가? 말로 설명하
기 꽤 까다로운데, 아무튼⋯⋯."

손을 놓은 슈겔은 카트리나 옆자리에 앉더니 조용히 생각
을 정리하기 시작했다. 그렇게 몇 분이 지난 후에야 그는 확
신을 가지고 카트리나를 바라보았다.

"아가씨, 만들어진 존재지?"

"⋯⋯!"

＊　　　＊　　　＊

오랫동안 혼자만의 비밀로 지켜왔던 사실이 처음 본 슈겔
과 크로이드 앞에서 드러나자 카트리나는 잔뜩 긴장한 얼굴
로 입을 다물었다.

"아가씨 몸에 흐르는 빛의 힘을 보고 알아챘어. 이전 엘레

힘 교단에서 비슷한 방법으로 인간을 재창조한 적이 있었거든. 어떻게 만들었는지는 따로 저장해 놓은 기억을 참고해 봐야 알겠지만, 그때와 유사한 방법이야."

슈겔은 오래간만에 호기심을 불러일으키는 카트리나를 요리조리 관찰했다.

"아마 당시 어둠의 힘에 밀리던 교단이 어둠과 정반대 속성을 소유하면서 본능적으로 그 어둠에 적의를 드러내도록 성직자를 다수 창조했을 거야. 그런데 아가씨, 참으로 희한한데? 같이 온 그 녀석, 어둠의 힘을 소유하고 있는데도 어떻게 같이 다닐 수 있는 거지? 보기만 해도 살의가 마구 치밀어 오를 텐데?"

"……"

"흐음, 너무 많은 걸 넣으려다가 불완전하게 창조된 느낌이야. 뭐, 인간이라면 원래 불완전해야 하니 인간으로선 제대로 만들어진 게 아닐까?"

"슈겔, 적당히 해."

"아, 이런! 미안하게 되었어. 너무 오래 살다 보니 나도 모르는 사이 섬세한 배려가 많이 사라졌거든."

슈겔은 다급히 사과하더니 카트리나가 아닌 크로이드 옆으로 자리를 옮겼다.

카트리나는 두 손을 무릎 위에 대고서 고개를 숙이고 있었다. 그리 무덥지 않은 날씨임에도 그녀의 얼굴에서 떨어진 땀이 손등 위에 뚝뚝 떨어졌다.

"아이고, 내 입이 주책이라니깐. 아가씨, 정말 미안해."

"제발 카일에게는……."

"응?"

"그에게는 이 사실을 이야기하지 말아주세요. 부탁드립니다."

"왜? 고작 만들어졌다는 이유 하나 때문에 널 버릴… 윽, 미안."

크로이드의 팔꿈치가 자신의 옆구리를 쿡 찌르자 슈겔은 다시 한 번 사과했다.

"아무튼 그 녀석이라면 아가씨를 그런 이유로 경원시하거나 그럴 인간으론 보이지 않는데? 이래 보여도 오래 살아서 사람 보는 눈은 있다고."

"그런 문제가 아니랍니다."

"다른 쪽의 이야기인가? 계속 숨길 작정이라면 침묵하는 게 좋겠지만 이렇게 된 이상 털어놓는 게 어때? 혼자서 속 앓아봤자 알아주는 사람 없으면 본인만 망가져."

슈겔은 카트리나의 등을 가볍게 두드렸다.

"난 비록 인간이 아닌 뱀파이어지만, 크로이드와 비슷하게 세상 돌아가는 사정에 관여할 마음은 별로 없어. 그러니 아가씨가 무슨 말을 하든 간에 밖으로 퍼져 나갈 일은 없다 이거지. 물론 지금은 정신이 없을 테니 오늘 하루는 푹 쉬라고. 밖은 전쟁으로 시끌벅적하니 이런 곳에서 평화를 조금이라도 즐겨야지, 안 그래?"

슈켈은 윙크를 하더니 찻잔을 쟁반에 담아 오두막 안으로 들어갔다. 그리고 창문을 통해 오두막 옆에 등을 기대고 있는 카일을 발견하곤 가볍게 웃었다.

크로이드의 말 그대로 '시선이 닿지 않는' 오두막 뒤편에서 그들의 대화를 엿듣고 있던 카일은 뒤통수를 긁적이며 난감한 표정을 지었다.

4

그날 밤, 잠을 이룰 수 없던 카트리나는 다른 이들이 깰까 조심스럽게 문을 열고 밖으로 나왔다.

시원한 밤바람이 불어와 그녀의 긴 은발이 흩날렸다. 카트리나는 어두운 하늘 아래 은은하게 빛나고 있는 달을 올려다보며 흐트러진 머리칼을 매만졌다.

그렇게 잠 대신 고요한 밤을 만끽하고 있던 카트리나는 비석 앞에 서 있는 크로이드를 발견했다.

"아, 저······."

카트리나는 말을 걸려고 그에게 다가가려고 했지만 뒷모습만으로도 범접할 수 없는 분위기를 느끼고 머뭇거렸다. 그런 그녀 옆으로 슈겔이 걸어오더니 고개를 가로저었다.

"놔둬. 원래 이 시간엔 항상 저러니까."

등 뒤에서 다른 이들의 목소리가 들렸음에도 크로이드는 반응하지 않고 묵묵히 서서 비석을 바라볼 뿐이었다.

"저 녀석이 아가씨와 같이 온 그 누구지… 아, 카일이었지. 아무튼 오랜만에 만난 제자에게 살갑게 굴지 못한 이유 중 하나가 이거야. 예전의 자신과 같은 길을 걸어가는 모습을 보고 웃어넘길 수야 없으니까. 저 비석은 저 녀석이 겪은 아픔 중 일부에 불과해."

크로이드는 한쪽 무릎을 꿇으면서 자세를 낮추더니 손을 뻗어 비석에 갖다 댔다.

슈겔은 카트리나를 데리고 오두막 앞에 있는 테이블 쪽으로 갔다. 언제 준비했는지 테이블 위에는 갓 우려낸 차가 담긴 찻잔이 두 개 놓여 있었다. 슈겔은 손을 내밀며 차를 권했고, 그녀는 의자에 앉아 천천히 향기를 음미하면서 차를 마셨다.

"이제 마음은 좀 가라앉았겠지?"

"네."

"그러면 낮에 마무리 짓지 못했던 이야기를 마저 해볼까?"

슈겔의 제안에 카트리나는 두 눈을 지그시 감더니 테이블 위에 내려놓은 찻잔을 양손으로 감쌌다. 손바닥을 통해 전해지는 따스함에 이전보다 그녀의 마음은 한결 가벼워졌다.

"내 짐작이지만 오늘 점심때 하려다가 만 말 있잖아, 아가씨가 '왜' 만들어졌는지와 관련이 깊을 것 같은데… 안 그래? 아! 만들어졌다는 표현보단 창조되었다는 쪽이 덜 무례하려나? 끄응, 이런 경우는 너무나 오래간만이라 적절한 표현을 찾기가 영 힘들어."

슈겔은 가능한 한 상대에게 상처 입히지 않는 표현을 찾느라 쩔쩔맸고, 그런 그의 말을 들던 카트리나의 입술 양 끝이 살짝 올라갔다.

"슈겔 님이 말이 맞아요."

카트리나는 감았던 눈을 뜨며 말을 이어갔다. 미소를 짓던 그녀의 입술이 미세하게 떨고 있었다.

"저는… 암흑의 화신을 완벽히 봉인하기 위한 수단으로 존재했답니다."

*　　　*　　　*

카트리나는 그동안 마음속에만 간직해 놨던 비밀을 털어놓기 시작했다.

원래 카트리나가 교단에서 '만들어진' 이유는 다름 아닌 암흑의 화신 제이블란트의 완벽한 봉인을 위해서였다. 성검 레디언스와 그녀가 지닌 빛의 힘이 하나가 되면, 그녀가 영원히 석화되는 조건 아래 봉인을 완성시킬 수 있다고 엘레힘 교단 측에선 말했다.

똑같이 빛의 힘을 지닌 페이서 역시 그 조건에 부합했지만, 교단은 만약의 경우를 대비해 카트리나를 창조해 빛의 용사 일행과 동행하도록 지시했다. 아무리 사명감에 불타는 페이서라 하여도 영원히 석화될 수 있는 운명 앞에서는 마음이 바뀔 수 있으니까. 그래서 교단 측은 빛의 힘을 지닌 자가 봉인의 열쇠가 될 경우 영원히 석화된다는 내용을 카트리나에게만 알렸다.

그러나 암흑의 화신을 쓰러뜨린 후, 봉인의 열쇠를 자청한 이는 전혀 예상외의 인물인 카일이었다. 카트리나는 어디까지나 페이서가 봉인의 희생양이 되는 걸 거부할 때 나설 작정이었기에 카일의 예상치 못한 결정에 당황했다.

"전 카일을 막으려고 했지만, 순간 떠오른 저 혼자만의 욕심 때문에 결국 그가 봉인의 열쇠가 되는 걸 보고만 있었답니다. 제가 아닌 그가 석화된다면, 20년 후엔 다시 만날 수 있다는 이기심을 이기지 못했어요. 봉인이 영원하지 않을 거라는 걸 알면서도."

말을 마친 그녀는 두 손으로 얼굴을 감싸 쥐며 그때의 선택을 후회했다.

"무엇보다도……."

"무엇보다도?"

"…제가 그에 대해 품고 있는 감정이 자연스럽게 형성된 게 아니라, 어떤 길을 걷든 간에 그에게 끌릴 수밖에 없었다는 걸 알고 나선 자괴감에서 벗어날 수 없었답니다."

얼굴에서 손을 땐 카트리나는 고개를 들어 달을 바라보았다. 그리고 잠시 중단되었던 그녀의 고백이 계속 이어졌다.

카트리나는 본능적으로 카일이 얻은 어둠의 힘을 증오하고 두려워했다. 하지만 카일은 암흑의 화신 제이블란트를 봉인하는 그 순간까지 어둠에 완전히 지배되지 않고 인간으로서 남아 있었다. 카일은 그녀에게 있어서 같은 길을 걸어가는 동료였지 살기를 뿜어낼 상대는 아니었다.

그렇게 시간이 흐르면서 카트리나는 카일에게 호의를 넘어선, 말로 표현할 수 없는 감정을 느끼게 되었다. 증오해야 하지만 증오할 수 없는, 미워해야 하지만 미워할 수 없는 상대에게 품을 수밖에 없는 감정은 단 하나의 단어로 축약되었다.

"인위적이면서 동시에 거짓된 사랑… 제가 내린 결론은 그거였답니다."

카트리나가 카일을 사랑하게 되면서 교단에서 그녀에게 끊임없이 주입했던, '빛의 어둠은 공존할 수 없다' 라는 사고 방식에 금이 가기 시작했다. 카일이 어둠의 힘을 택한 그날부터, 그녀의 의식 내면에 깔려 있던 어둠에 대한 격렬한 증오가 조금씩 사라져 갔다.

그 결과 암흑의 화신 제이블란트를 봉인하기 위해 자신을 기꺼이 희생하겠다던 카트리나의 결심은 누그러들었다. 그리고 그녀는 어쩌면 찾아왔을지 모르는 영원한 평화 대신 카일과 다시 만나는 쪽을 택했다.

"제가 피난민들을 도운 것도, 어르신들과 함께 실버윙즈를 세운 이유도… 제 욕심으로 인해 다시 일어난 전쟁에 대한 죄책감을 덜기 위해서랍니다. 크로이드 님이 말한 것과 다른 의미로 전 성녀라 불릴 자격 따윈 없었어요."

"그러니까, 간단히 요약하면 아가씨는 그 녀석을 원하든 원치 않았든 간에 사랑할 수밖에 없었다는 거 아냐?"

"네."

"쯧쯧쯧, 그건 거짓된 사랑 따위가 아니야."

슈겔은 오른손 검지를 위로 내밀더니 가로저었다.

"운명이라고 불러야지."

"운명?"

"운명이라는 단어로 시작된 사랑, 좋잖아? 안 그래? 로맨틱

하기도 하고. 얼굴만 보고 반하거나 돈이 많아서 홀딱 빠진 것보단 훨씬 순수한데?"

"아……."

그녀는 자신의 해석과 전혀 다른 슈겔의 말을 듣고서 멍하니 입을 벌렸다.

"그리고 한마디 더 하자면, 교단 측에서 아가씨에게 뭔 말을 했는지는 자세히 모르겠지만 애초에 영원한 평화 따윈 존재하지 않아. 제이블란트를 완전히 봉인하는 데 성공했더라도 인간과 어둠의 후예 사이의 불화가 완전히 끝날 리 없잖아?"

"그래도 제가 봉인의 열쇠가 되었다면……."

"세상 살아가면서 죄책감이 너무 없어서 문제인 놈이 많은데, 아가씨는 너무 많아서 문제야. 다른 인간들을 20년 동안이나 편하게 살게 해줬으면 그만이지 뭘 또 하려고 그래?"

슈겔은 차를 한 모금 들이켜더니 의자에 앉은 채로 몸을 뒤로 돌렸다.

"자, 아가씨가 이렇게 속마음을 털어놨으니 너도 제대로 대답해야지."

그러자 오두막 뒤편에 숨어 있던 카일이 뒤통수를 긁적이며 카트리나를 향해 천천히 걸어왔다.

"카, 카일?"

"어… 음……."

카일은 뭔가 말하려고 했지만 머릿속에서 정리가 잘 안 되어서 그런지 말하려던 입을 열었다 닫았다를 반복했다.

"카트리나."

"카일, 저는……."

카트리나는 차마 카일을 정면으로 바라볼 수 없어서 몸을 옆으로 돌렸다. 그러나 카일은 카트리나의 앞에 서더니 그녀의 양어깨 위에 양손을 올렸다.

"넌 인간들의 영원한 평화 대신 나와 다시 만나는 쪽을 택했어. 그런 너를 내가 어떻게 미워할 수 있겠어?"

순간 카트리나의 왼쪽 눈에서 참고 참았던 눈물이 뺨을 타고 흘러내렸다.

"뭐, 네가 봉인의 열쇠가 되지 않은 덕분에 평화는 다시 깨졌지. 하지만 결과적으로 평화 속에서 냉대받고 몰락했던 동료들에게 다시 한 번의 기회가 주어졌어. 뭣보다 내가 원하는 너는 지금처럼 살아서 나와 함께 있는 너이지, 영원히 석화되어 성녀로 불리게 될 네가 아니라고."

이번엔 카트리나의 오른쪽 눈에서 눈물이 주르륵 흘러내렸다.

카일은 오른손 검지로 눈물을 걷어냈지만 여전히 그녀는 울고 있었다.

"이번 기회에 확실히 말해두겠어. 네가 교단에 의해 창조되었든 아니든 그건 중요하지 않아. 넌 카트리나야. 20년도 전에 나와 함께 제이블란트를 쓰러뜨렸고, 지금도 나와 같은 길을 걸어가고 있는 카트리나야. 우, 운명으로 나를 좋아하기도 하면서 말이지. 그것만으로 충분해."

아무래도 운명과 사랑이라는, 익숙하지 않은 두 단어를 말하기엔 아직 무리였을까. 카일은 그답지 않게 말을 더듬으며 카트리나의 고백에 대해 최대한 성의를 다해 답했다.

두 남녀가 서로 마주 보며 말없이 교감하는 사이, 슈겔은 소리 내지 않고 자리에서 일어나더니 크로이드를 향해 걸어갔다. 그리고 그의 팔을 붙잡고 오두막 안으로 들어갔다.

풀벌레 소리만이 들리는 어둠 속에서 홀로 떠 있는 달은 마치 카일과 카트리나 사이의 관계를 대신 말해주는 듯 은은하면서 아름답게 빛나고 있었다.

5

그날 이후, 카트리나는 한결 가벼운 표정으로 케이오스 마을에서의 하루하루를 보냈다. 원래는 그다음 날 떠날 작정이었던 카일을 슈겔이 여러 가지 이유를 대며 설득한 까닭이었다.

아무리 마음속 깊숙이 감추고 있던 비밀을 말했다고 해서 이제까지 그녀가 품었던 고민이 순식간에 풀리긴 무리라고 했기 때문이다. 그리고 다시 그 험한 산길을 내려가며 도착할 바엔 여기서 푹 쉬다가 슈겔의 마법으로 순간이동시켜 주겠다는 제안이 훨씬 합리적이기 때문이었다.

그렇게 일주일 동안의 짤막한 평화를 누린 두 남녀는 슈겔과 함께 마을 광장으로 나왔다.

"한동안 자리 비울 테니 알아서들 잘 관리해 줘. 쓸데없이 서로 싸우지 말고. 사냥 나가는 순번은 그대로 유지하고, 혹시라도 무슨 일이 생기면 이 수정구로 나에게 연락해. 그리고……."

슈겔은 자기가 없는 사이 문제가 생기지 않도록 인간과 오크 청년에게 사소한 일도 하나하나 방침을 정해주었다.

슈겔 뒤에 서 있는 카일은 고개를 들어 하늘을 바라보고 있었다. 그것도 그럴 것이, 인간을 제외한 마을 주민들은 그와 눈이 마주칠 때마다 기겁하며 황급히 뒤로 물러섰기 때문이다.

카일은 존재 자체가 몬스터나 마족 주민들에게 공포를 줄 수밖에 없었다. 특히 20여 년 전, 몬스터와 마족들에겐 패배로 끝난 전쟁의 원흉이 눈앞에 있는 이상 어쩔 수 없는 일이었다.

하지만 카일은 자신에게 집중된 두려움과 증오를 당연하게 받아들였다. 자신이 세상을 구하긴 했지만, 그건 어디까지나 인간 입장에서의 이야기로 한정된다. 마족이나 몬스터 입장에선 그들의 세상을 박살 낸 악, 그 자체였으니까.

"그러면 다들 그렇게 알고… 그런데 분위기 왜 이래?"

슈겔은 평소와 달리 멀리 떨어져 있는 마을 주민들을 둘러보고는 혀를 찼다. 같이 온 크로이드는 자신과 상관없는 일인 마냥 입을 다물 뿐이었다. 슈겔은 카일의 왼편에 서 있는 카트리나를 바라봤다.

"아무래도 안 되겠다. 어이, 아가씨. 떠나기 전에 특기 좀 발휘해 봐."

"네?"

"노래 있잖아, 노래. 엘레힘 교단의 가희에 대해선 나도 소문을 들었거든. 싸한 분위기 좀 어떻게 바꿔보라고."

"제가 불러도 괜찮을까요?"

인간만이 아닌 몬스터와 마족들까지 있는 자리는 그녀로서도 처음이었다. 게다가 카일에 비해 정도만 덜할 뿐, 그녀역시 인간을 제외한 주민들에게 결코 좋은 시선을 받지 못했다.

"알겠어요."

카트리나는 고민 끝에 고개를 끄덕이더니 슈겔의 앞으로

나섰다.

여전히 마을 주민들과의 거리가 좁혀지지 않은 상태에서 그녀는 한동안 말없이 허리를 숙인 채 동작을 멈췄다. 그리고 두 눈을 감은 채 양손을 펼쳤다.

평소 불렀던 성가가 아닌, 예전 술집에서 일했을 때 불렀던 평범한 사랑 이야기를 주제로 한 노래가 그녀의 입에서 잔잔하게 흘러나왔다.

그러자 그녀 주위로 인간을 비롯한 몬스터와 마족 주민들이 하나둘씩 모여들기 시작했다. 지난번 고백의 영향이었을까, 엄숙한 분위기 대신 활기찬 느낌이 아름다운 목소리에 실려 멀리 퍼져 나갔다.

특이하게도 인간 중에서 성호를 긋는 이는 단 한 명도 없었다. 그저 노래 자체를 순수하게 듣고 즐기는 중이었다.

"저렇게 아름답게 노래 부르는 처자는 수백 년을 살아왔어도 처음이네. 막혔던 귀가 뻥 뚫리는 기분이야. 크로이드, 너도 그렇지?"

슈젤은 듣는 것만으로도 귀가 행복해지는 느낌을 공유하고 있는지 크로이드에게 확인 차 물어봤다. 하지만 크로이드는 대답 대신 두 눈을 감고 노래를 감상하고 있었다.

크로이드의 머릿속에 예전 그가 세상에 나섰을 때의 기억이 희미한 잔상처럼 떠올랐다. 소거된 기억 속에 자리 잡았던 이들의 얼굴과 이름은 생각나지 않았지만, 행복한 미소를 지으며 음유시인의 노래를 듣던 스칼렛의 얼굴만큼은 선명하게 떠올랐다.

'이렇게 마음 편히 노래를 즐길 수 있는 세상이 왔으면 좋겠어요.'

하지만 세상은 그녀의 바람과 다르게 흘러갔다.

아무리 강한 힘을 지녔어도, 그 힘으로 전쟁을 마쳐도 평화란 그저 전쟁 사이의 짧은 휴식에 불과했다.

시간이 흘러가면서 새로운 기억이 옛날 추억을 밀어내고 자리 잡는 와중에도 크로이드는 그녀의 부탁을 잊지 않으려고 노력했다. 그러나 새로운 만남과 이별, 그리고 전쟁과 평화가 반복되면서 크로이드는 점점 지쳐 갔다.

결국 크로이드는 현실과 타협하기로 했다. 그녀가 원했던 평화를 유지시킬 수 있는 장소는 고작 자그마한 마을 정도밖에 안 된다고 스스로를 설득하면서.

Chapter 34
근본적인 의문

1

엘레힘 신성력 1327년 8월 1일.

"하앗! 핫!"

젊은 병사들의 기합 소리가 드넓은 수련장을 뒤흔들었다.

뜨거운 열기가 땅바닥 위로 올라오는 8월을 맞이한 성안의
병사들은 구슬땀을 흘리며 훈련에 임했다.

"어이, 거기! 잠깐만! 그건 아니지. 날 잘 보게나. 이런 식으
로 검을 휘두르지 말고……."

실버윙즈의 노병들은 훈련 중인 병사 중 몇 명을 지목해 대

열에서 이탈시켰다. 그리고 직접 시범을 보이며 틀린 부분을 교정시켜 주었다.

"자넨 말이지, 힘을 너무 주는 경향이 있어. 어깨에 힘 좀 풀고 다시 해보게."

"이렇게… 말입니까?"

"그래. 역시 젊으니 이해가 빠르군."

이런 식으로 노병들은 자신의 경험을 젊은 병사들에게 아낌없이 전수했다. 그 중심엔 실버윙즈의 총지휘관 포르칸이 있었다.

"어르신들, 아직 휴가 중 아닙니까?"

노병들은 익숙한 목소리에 뒤를 돌아봤고, 멀리서 손을 흔들며 다가오는 카일과 카트리나를 반갑게 맞이했다. 포르칸은 카일과 격한 포옹을 나누면서 그의 등을 두들겨 주었다. 경비 중인 병사들도 카일의 복귀에 주변으로 하나둘씩 모여들었다.

"잘 왔네! 그런데 일정보다 일찍 온 거 아닌가? 더 쉬고 오지 그랬어?"

"이미 푹 쉬고 왔습니다. 그런데 어르신들이야말로 이 땡볕 아래서 뭔 고생입니까?"

실버윙즈와 폴스타드 용병단에게 주어진 휴가는 아직 열흘 가까이 남아 있었다. 하지만 수련장에 모여 훈련 중인 병사들은 기존 경비병이 아니었다.

"그게, 막상 쉬어도 하루 이틀이지. 나야 나이 먹을 만큼 먹었으니 일이 바쁘게 돌아가든 아니든 상관없는데 젊은 놈들은 다르잖아? 먹고 마시는 것도 다들 질렸다더군."

아무리 혈기왕성한 남자들이 잔뜩 모인 상황이어도 유흥가가 아닌 산속 깊은 곳에 자리 잡은 성에서 즐길 수 있는 유희는 극히 제한된다. 술도 며칠간 계속 마시다 보니 비축 분량이 동나 버렸고, 결국 지겨운 휴식을 견디지 못한 젊은 용병들은 혈기를 억누르기 위해 자율적으로 훈련을 시작했다.

"카트리나 님, 표정이 많이 밝아지셨군요."

포르칸은 수련장에 도착하기 바로 전까지 카일과 손을 잡고 걸어온 카트리나의 미소를 잊지 않았다. 혹시 건강이 더 악화되지 않을까 하던 우려는 말 그대로 우려로 끝났다.

"그래 보이나요?"

"역시 단둘이 보낸 보람이 나름 있는 것 같군요. 그런데 같이 오신 분들은 누굽니까?"

포르칸은 둘과 함께 온, 무뚝뚝한 인상의 중년 남성과 다소 경박해 보이는 빨간 머리의 청년을 가리키며 물어봤다. 중년 쪽은 왠지 모르게 익숙한 얼굴이었지만 청년 쪽은 인상과 분위기 모두 낯설게만 느껴졌다.

"나? 난 슈겔. 저 녀석은 크로이드."

슈겔은 일부러 입을 벌리더니 삐죽 튀어나온 송곳니를 손가락으로 가볍게 튕겼다.

"여기 인간들은 뱀파이어 처음 보나?"

순간 떠들썩했던 분위기가 급격하게 가라앉으며 고요함이 감돌았다. 모두의 이목이 집중된 슈겔은 다시 한 번 송곳니를 튕겼고, 카일은 얼굴을 감싸 쥐며 고개를 설레설레 저었다.

"배, 뱀파이어다! 마족이다!"

병사들이 소리치며 사방으로 흩어졌고 수련장에 남아 있던 용병들은 잠시 내려놨던 무기를 다시 움켜쥐고 우르르 달려왔다. 연구 중이던 마법사들이 연구실을 박차고 일제히 튀어나왔고 식사 중이던 용병들을 레이크가 급하게 끌고 왔다.

"하기사 여긴 케이오스 마을이 아니니… 너무 나댔군."

슈겔과 크로이드를 중심으로 두터운 포위망이 빠르게 형성되었다. 자신을 노리고 겨눠진 검과 창을 보고도 슈겔은 태연하게 고개를 끄덕거릴 뿐이었다.

"진정들 하십시오! 제 스승님의 친구분입니다!"

"스승님? 친구?"

카일이 나서서 크게 손을 휘저으며 몰려든 병사들을 뒤로 물러서게 했다. 마족의 갑작스러운 기습이라 여겼던 이들은 머쓱한 표정을 지으며 슈겔을 노렸던 무기를 거뒀다.

"포르칸 님이라면 스승님 얼굴 아시죠? 그땐 크리드라는 이름이었지만."

카일은 슈겔 옆에 서 있는 크로이드를 가리켰다.

"크리드? 대장간 관리하는 그 젊은이?"

"아뇨, 그 녀석 말고 예전 고르반 마을에 살던 제 스승님 말입니다. 지금은 크로이드란 이름을 쓰시죠."

"아아, 동명이인이었… 저 남자가? 10년이나 지났는데도 하나도 안 변했는데?"

포르칸은 마지막으로 봤을 때에 비해 전혀 늙지 않은 크로이드를 보고 눈을 크게 떴다. 정작 크로이드는 포르칸의 얼굴을 본체만체했다.

"설명하자면 꽤 복잡해지니 그냥 저와 비슷한 경우라고 여겨주십시오."

"뭐, 자네가 그렇게 말한다면 그렇겠지. 자자, 아무 일도 아니니 다들 물러가게."

포르칸의 외침에 포위망은 산산이 흩어졌다. 다만 레이크를 비롯한 젊은이들은 뻔뻔하게 모습을 드러낸 슈겔을 영 탐탁지 않은 시선으로 바라보며 자리를 지켰다. 그런 그들을 크로이드 역시 탐탁지 않은 눈으로 응시하며 대응했다.

"아주 화끈한 환영이로군. 슈겔, 이런 대접받고 여기에 계속 있을 생각은 설마 아니겠지?"

"뭐 어때? 인간과 어둠의 후예끼리 죽어라 싸우고 있는 상황인데 이런 반응 안 나오면 되레 이상한 거라고. 여긴 케이오스 마을이 아니니 세상의 상식에 맞춰 생각해야지."

슈겔은 방금 전 있었던 소란 따위 마음에 담아두지 않고 고개를 들더니 오른팔을 천천히 한 바퀴 돌리며 넓게 분산되어 있는 마나를 감지했다. 이미 그의 흥미는 성 전체를 둘러싸고 있는 마나의 장벽에 쏠려 있었다.

"흠흠, 나름 신경 쓴 것 같은데 이 정도론 부족해. 카일, 여기의 마법 장벽 내가 손 좀 봐도 되겠어?"

"네? 도와주시는 겁니까?"

크로이드처럼 세상을 등지고 살아가는 슈겔이 이런 제안을 할 거라곤 카일은 미처 예상하지 못했다.

"나나 저 녀석처럼 나이가 들면 같잖은 정의감이니 선악 따위에 얽매여 움직이진 않아. 뭔가 다른 구실이 필요해지지. 나의 경우는 우선 흥미가 돌아야 해. 그런 의미에서 난 이곳의 분위기가 제법 구미가 당기는데? 케이오스 마을에서마냥 평화롭게 시간을 보내는 거엔 좀 질렸거든."

"도움이야 마다하지 않겠지만, 이 성을 놓고 당신과 같은 뱀파이어와 싸우게 될지도 모릅니다."

"그렇게 치면 너희 인간들은 똑같은 인간이라는 이유만으로 무조건 편드냐? 무슨 의미로 말한 건지는 잘 알겠는데, 애초에 그걸 나에게 말하는 것 자체가 무의미해."

물론 코델리아처럼 마족임에도 페이서와 함께 인간 편에 서서 싸운 경우도 있었다. 하지만 그 경우엔 특별한 이유가 있었고, 슈겔 같은 타입을 마족에서 발견하긴 처음이라 카일은 다소 당황스러웠다.

"크로이드, 나 여기 한동안 머무르고 싶은데 넌 어떻게 할래?"

"너 없이 나 혼자서 마을로 돌아가긴 귀찮아. 너, 그걸 알면서도 나에게 일부러 물어본 거냐?"

"너무 깐깐하게 굴지 말고 이왕 온 김에 기분 전환이나 하다가 가자고. 솔직히 매번 평화롭게 지내는 것도 지겹잖아. 뭣보다, 다시 돌아올 수 없는 사람의 비석 앞에서 궁상떠는 것도 한두 번이어야지… 그것도 엄밀히 따지면 네가 싫어하는 변화 없는 반복이야."

슈겔은 크로이드의 등을 툭 치더니 연구실이 있는 방향으로 홀로 걸어갔다. 뱀파이어 특유의 붉은 머리카락을 휘날리는 그에게 접근하는 이는 아무도 없었다.

슈겔이 자리를 뜨자, 이번엔 크로이드에게 관심이 집중되었다.

"저 남자가 카일 님의 스승님이라…….''

"과연 어느 정도일까?"

"카일 님보다는 당연히 강하겠지. 아니, 그건 또 모르겠다."

흑염의 기운으로 온몸을 감싼 채 전장에서 절대 범접할 수 없는 기운을 풍겼던 제자와 달리, 막상 그의 스승이란 자는 겉으로는 보통의 중년 남성으로만 보였다.

그럼에도 카일보단 강할 거라는 막연한 예상과 맞물려 젊은 용병들은 자기네 맘대로 각자 크로이드를 평판하기 시작했다. 성에서의 지루한 일상을 타파하기 위해 훈련에 매진했던 그들이었지만, 그 성과가 어느 정도인지 판단할 구실이 필요했다. 그리고 크로이드의 존재는 승패와 관련 없이 도전하고픈 욕구를 불러일으켰다.

"저, 카일 님."

"응?"

"스승님이란 분, 얼마나 강합니까?"

"그야 나보다 훨씬 강했지. 그리고 지금도 그럴 거야. 내가 강해졌다고 해서 스승님이 약해진 건 아니니까."

카일은 스승의 실력이 분명히 자신보다 위라 설명했지만, 설명 자체가 워낙 담담하게 이뤄진 탓에 젊은이들의 승부욕을 자극할 뿐이었다.

"설마 덤벼보려고? 후회할 텐데?"

"이길 수 있다곤 생각하지 않습니다. 하지만 가르침을 받고 싶군요."

"…라고 말하는데 어떻게 하실 겁니까?"

카일의 물음에 크로이드는 대답 대신 허리에 찬 검을 뽑아 들고 수련장 한가운데로 걸어갔다. 그러자 카일의 스승이 과연 어느 정도의 실력일지 몸소 체험하고픈 이들이 우르르 따라갔다.

"후우……."

강자를 상대로 자신이 얼마나 해낼 수 있을까 도전하는 모습에 크로이드는 쓴웃음을 지었다. 이것 역시 그가 살아오면서 지겹게 반복되었던 기억 중 하나였기에.

"남자들이란……."

그는 여송연을 입에 물더니 불을 붙였다. 그리고 손가락을 까닥거리며 덤비라는 신호를 보냈다.

2

"헉, 헉……."

온몸이 땀투성이가 된 용병들의 입에서 거친 숨소리가 흘러나왔다. 뜨거운 태양 아래 그들의 몸에서 흘러내리는 땀은 두려움에 질려서 나오는 식은땀이었다.

그나마 두 발로 서 있는 사람은 용병단의 단장 레이크를 포함해 열 명 내외로, 나머지 수백 명의 용병과 병사들은 지쳐 수련장 바닥에 쓰러진 지 오래였다.

"이제 그만할까?"

크로이드는 반쯤 태운 여송연을 발로 비벼 끄더니 새 걸 꺼내 입에 물었다. 홀로 수백 명을 번갈아가며 상대했음에도 그는 지친 기색은커녕 땀 한 방울 흘리지 않았다.

"정말… 강하시군요."

레이크는 손등으로 이마의 땀을 훔쳐 내며 카일의 말을 재차 실감했다.

크로이드를 향해 기세 좋게 첫 번째 도전자가 나타났을 땐, 과연 어떤 기술을 선보일까 모두 기대했다.

그러나 기대했던 장면 같은 건 나오지 않았다. 그저 빛이 번쩍하더니, 시야가 원래대로 돌아왔을 땐 다섯 명의 용병이 검신이 박살 난 검을 쥐고 쓰러져 있었다. 순식간에 다섯 명의 도전자를 격파한 크로이드는 아까처럼 손가락을 까닥거리며 다음 도전자를 기다렸다.

그 뒤엔 일방적인 크로이드의 공격만이 이어졌다. 대부분의 도전자가 무기 한번 제대로 휘두르지 못하고 밀려 쓰러지거나 공중으로 높이 솟구친 후 외마디 비명을 지르며 떨어졌다. 나중에는 거의 10명 단위로 한꺼번에 덤볐지만, 검 한번 제대로 휘둘러 보지 못하고 패배했다.

"자네 스승이라는 사람 정말 대단하구먼. 예전 고르반 마을에서 봤을 때도 보통 사람은 아니라고 느꼈지만, 그것도 원래 실력의 반의반의… 아무튼 엄청 숨기고 있었어."

"형님, 젊은 애들 완전히 기죽겠는데요? 대놓고 봐주고 있는데도 털끝 하나 손대지 못했으니."

"그래도 이번 굴욕은 저 애들에게 큰 재산이 될 거야. 저나이 때엔 져도 다시 불타오르게 마련이거든. 그런데… 다시 생각해 보니 그것도 아니겠어. 이건 뭐, 져도 진 것 같지가 않으니 원……."

처음부터 도전할 생각이 없었던 포르칸은 노병들과 함께 수련장 바깥에 서서 크로이드의 강함을 몸이 아닌 눈으로 체험 중이었다.

그들을 경악시킨 점은, 일방적인 승리만을 반복하는 크로이드의 공격에 직접 다친 이가 단 한 명도 없다는 사실이었다. 다들 그의 공격에 밀려 나가 가벼운 찰과상과 타박상을 입는 정도에 그쳤다. 강한 힘을 지닌 것으로도 모자라 그 힘을 완벽하게 제어할 줄도 안다는 증거였다.

카앙!

"우악!"

크로이드가 휘두른 검에 용병 한 명이 땅바닥을 데굴데굴 구르며 뒤로 죽 밀려났다. 아직까지도 두 발로 서 있는 이는 레이크를 비롯해 다섯 명에 불과했다.

"여기까지 버틴 기념으로 선물 하나 보여주도록 하지."

준비 자세 하나 없이 단순한 공격만으로 용병들을 쓰러 뜨렸던 크로이드가 검을 뒤로 젖혔고, 아무런 속성을 보이지 않았던 그의 검이 붉게 타올랐다. 그러자 햇빛을 피해 나무 그늘 아래 앉아 쉬고 있던 카일의 눈이 커다랗게 떠졌다.

"어, 저 기술 설마?"

카일이 벌떡 일어섰지만 이미 때는 늦었다.

"모든 것을 태워 버리는 불꽃, 프로미넌스(Prominence)⋯⋯."

크로이드의 몸이 붉은 잔상을 남기며 빠르게 이동했다. 잔상과 함께 지면에 솟아난 붉은 불꽃이 수련장 중심에 거대한 육망성을 그렸고, 육망성 안에서 뱀처럼 꿈틀거리는 홍염이 위로 솟아올랐다.

*　　　*　　　*

"스승님!"

카일은 육망성 너머로 흘러 넘쳐 빠르게 퍼져 나가는 불길을 보고 두 눈을 질끈 감았다.

하지만 원래대로라면 완전히 불타 버렸어야 할 용병들은 시커먼 그을음만 온몸에 묻었을 뿐 무사했다. 단지 더 이상 싸울 의욕을 잃고 제자리에 털썩 주저앉았지만.

"미쳐 버리는 줄 알았네… 스승님! 애들 죽일 작정입니까? 예전에 그거 한 번 보여준다고 산 하나 홀랑 태워먹은 기억 안 납니까?"

"안 죽였다. 다치지도 않았고. 제대로 몸을 풀어볼 겸 이미지만 보여준 거다."

크로이드는 살아남은 대신 온통 검댕이투성이가 되어버린 용병들을 태연하게 가리켰다. 그리고 그 모습은 엉뚱하게도 포르칸의 옛 기억을 되살렸다.

"설마, 아주 예전에 있었던 산불이 저 사람 짓이었나? 허, 허허허……"

포르칸은 오래전 고르반 마을 뒤를 뒤덮었던 불길과, 그리고 기이하게도 수십 분 안에 알아서 진화되었던 일의 원흉을 뒤늦게 알아냈다. 그리고 수련장을 뒤덮었다가 서서히 가라앉는 불길을 보며 어이없는 웃음을 터뜨렸다.

"으, 으아악!"

"사람 살려!"

크로이드 단 한 명에게 나가떨어졌던 용병들이 비명을 지르며 허겁지겁 수련장 바깥으로 도망쳤다. 그들이 피신한 장소는 크로이드를 유일하게 상대할 수 있다고 여겨지는 카일의 등 뒤였다.

"넌 안 덤비냐?"

스승의 제안에 제자는 고개를 가로저었다.

"지어진 지 얼마 안 된 성을 쑥대밭으로 만들고 싶은 마음은 없습니다."

"그건 너겠지 나는 아냐."

크로이드는 자신의 주변을 휘감고 있는 불길에 여송연 끝을 갖다 대며 불을 붙였다.

"아무튼 전 스승님처럼 힘 조절 해가며 싸울 기량 없습니다."

카일의 말이 떨어지기 무섭게 멀리서 박쥐 떼가 휘익 날아왔다.

"아, 그건 걱정 마."

카일과 크로이드 사이에 원래 모습으로 나타난 슈겔은 자세를 낮추더니 지면에 오른손을 가져갔다. 그러자 거대한 마법 장벽이 반구 형태로 형성되어 수련장 전체를 뒤덮었다.

"이 안에 있으면 프로미넌스든 마그마 익스플로전(Magma explosion)을 쓰든 간에 세 번 한도 내로 밖은 무사할 거야. 니들 한번 신 나게 날뛰어봐."

슈겔은 손을 툭툭 털며 수련장 밖으로 걸어 나왔다.

"아, 스승님과 겨뤄봤자 손해인데."

카일은 투덜거리며 수련장 안으로 들어갔다. 불길이 완전히 사라진 수련장 바닥은 온통 시커멓게 타들어간 모래 위로 연기가 풀풀 피어올랐다.

"어차피 전 스승님을 이길 수 없는데 의미 없잖습니까. 게다가 이건 스승님답지 않아요."

"그래, 확실히 나답지 않지. 하지만 네가 가진 힘에 대해 알고 싶어서다. 같잖은 설명보단 실제 접해보는 게 훨씬 이해가 빠르니까."

"스승님 입장엔 흑염의 힘이 뭐 그리 대단할 것도 없을 텐데요."

"말이 많다."

크로이드는 자신의 앞까지 걸어온 제자를 향해 검을 내밀었고, 카일은 한숨을 길게 내쉬며 두 개의 검 중 어느 걸 뽑아들까 고르고 있었다.

3

"블래스트!"

콰아앙!

불길과 함께 터져 나온 폭발음에 수련장 주위에 몰려 있던 이들이 일제히 귀를 틀어막았다. 하지만 눈은 실전을 능가하는 격렬한 대결 속의 두 남자를 쫓고 있었다.

"아무래도 방음 처리까지 할 걸 그랬나? 이러다간 고막이 터지겠어."

그렇게 말한 슈겔 본인은 유일하게 귀를 틀어막지 않고 여유롭게 사제 간의 대결을, 그것도 자신이 펼친 마법 장벽 밖이 아닌 안에서 관전 중이었다. 하나는 검은색의, 또 하나는 붉은색의 서로 다른 두 개의 불길이 수시로 그를 덮쳤음에도 옷에 그을음 하나 묻지 않았다.

"이거 웬만한 적에겐 다 통했던 기술인데… 쩝."

카일은 틈을 노려 시전했던 기술 블래스트가 스승의 화염에 맥없이 막혀 버리자 얼굴을 찡그렸다.

수백 명의 젊은 용병이 크로이드를 상대했던 시간보다 카일 한 사람이 크로이드와 대결하는 시간이 더 오래 흘러갔지만, 크로이드를 이길 수 없다는 사실에는 변함없었다.

"그동안 실력이 제법 늘었구나."

"그런 말 들어도 하나도 안 기쁩니다만!"

카앙!

카일은 대검으로 크로이드의 검을 튕겨내며 급하게 물러섰다.

처음엔 슈겔이 순식간에 설치한 마법 장벽이 못 미더워서 그나마 어둠의 힘을 제어할 수 있는 다크블로우를 썼다. 하지만 진짜 프로미넌스를 맞고도 굳건한 장벽을 확인하고선 마음껏 흑염의 힘을 뿜어내며 대결에 임했다. 그 프로미넌스가 용병들에게 썼을 때와 달리 '진짜'였다는 점에 카일은 살짝 열 받긴 했지만.

"저희를 봐준 게 확실했군요."

안전하게 수련장 바깥으로 물러나 사제 간의 대결을 지켜보던 레이크는 적극적으로 나서는 크로이드를 보며 기가 질렸다.

한쪽의 일방적인 공격만으로 끝났던 수백 대 일의 대결과 달리 이번에는 공방 자체가 활발히 이뤄졌지만 카일이 밀리고 있음을 부정할 순 없었다. 이제까지 레이크가 본 그 어떤 인간보다 강하다고 여겼던 카일이 이렇게까지 밀릴 줄은 예상 밖이었다.

"저렇게나 강한 분이 같이 싸워주신다면 얼마나 좋을까……."

레이크의 입에서 자신도 모르게 본심이 흘러나왔다. 그러자 바로 옆에서 둘의 대결을 보고 있던 포르칸은 고개를 가로저었다.

"반대로 이야기한다면, 저 사람과 같이 온 슈겔이란 뱀파이어도 마족 편에 설 수 있다는 이야기라네."

"그건 또 그렇군요."

세상을 등지고 살아가는 인간이 있다면 마족에게도 예외는 아니다. 그렇다면 차라리 현 세대의 실력을 뛰어넘는 강자가 안 나타나는 편이 상대적으로 '약한' 이들에게 최선이다. 절대적인 강함이란 적뿐만 아니라 같은 편에게도 두려움을 안겨주니까.

"헉, 헉……."

거칠어진 호흡과 온몸을 흥건하게 적신 땀이 카일의 불리함을 간접적으로 드러냈다.

'블랙아웃 모드로 들어간다면… 관두자. 스승님이 마족도 아니고, 고작 대련에 그렇게까지 하기도 그렇잖아? 이렇게 된 이상 역시 이 대검보단 다크블로우 쪽이 낫겠어.'

카일은 뒤로 물러서며 크로이드와의 거리를 확 넓힌 뒤 무기를 바꿔 쥐었다. 처음엔 거의 반강제로 시작된 대련이었지만 매번 지기만 했던 스승과의 대련을 떠올리니 어떻게든 이기고 싶다는 욕심이 생겨났다.

"더 이상 땀 흘리기도 짜증 나니 이번 한 번으로 끝내죠."

"알겠다."

카일은 다크블로우를 통해 어둠의 기운만을 뽑아내 검신 주위를 나선으로 빙빙 둘러쌌다. 크로이드는 제자리에서 홍염의 힘을 오른손에 집중시키더니 그대로 검에 전달했다. 다크블로우에 비하면 특별할 것도 없는 검을 들고서도 여전히 유리한 스승이 카일은 참으로 부러웠다.

「단 한 번도 이겨보지 못했던 상대 앞에서, 진정한 힘을 이끌어내고 픈 욕망은 없나?」

'왜 그 목소리가 안 들리나 싶었더니만.'

카일은 머릿속에서 울려 퍼지는 유혹의 목소리를 피식 웃으며 흘려 넘겼다.

*　　*　　*

"으아, 아슬아슬했네."

슈겔은 금이 쫙쫙 그어진 마법 장벽에 손을 가져가며 안도했다.

수련장은 어둠과 홍염의 기운이 서로 격돌하며 일어난 폭발로 뿌옇게 먼지가 피어올랐다. 성 전체를 뒤흔든 진동이 가라앉고, 두 발로 서지 못하고 쓰러진 병사들이 하나둘씩 몸을 일으켰다.

먼지가 가라앉자 누가 이기고 졌는지가 명확하게 드러났다.

"허억, 헉… 역시 이럴 줄 알았어."

거친 숨을 내쉬며 한쪽 무릎을 꿇고 있는 카일.

그런 그에게 무표정한 얼굴로 검끝을 내민 크로이드.

당연하다면 당연한 결과에 혹시나 하던 이변을 기대하던 용병들의 얼굴에 실망감이 서렸다.

"젠장, 어떻게 된 게 10년이 흘러도 변한 게 없습니까?"

"30년이다."

크로이드는 무뚝뚝한 말투로 제자의 어긋난 시간관념을 수정해 줬다. 카일은 퉁명스러운 표정을 지으며 천천히 몸을 일으켰다.

"카일! 괜찮나요?"

둘의 대결을 멀리서 지켜보던 카트리나가 다급히 카일에게 달려왔다. 그녀는 혹시 다친 곳이 없나 카일을 꼼꼼히 살펴봤지만 다행히 상처는 없었다. 크로이드는 카일을 상대하면서도 힘의 조절을 잊지 않았다.

"무기까지 놓쳐 버렸으니, 완전히 져버렸네."

등에 매달려 있던 대검은 아까의 충격으로 인해 가죽끈이 끊어져 검집째 카일의 바로 앞에 떨어져 있었다. 그리고 방금 전까지 사용하던 다크블로우는 크로이드의 발 옆에 꽂혀 있었다.

카일은 두 개의 검 중 다크블로우를 향해 손을 뻗었지만, 그보다 먼저 크로이드가 집어 들었다.

"어… 괜찮으십니까?"

"뭐가?"

"그 검 아무나 들 수 있는 물건이 아닌데… 하긴 스승님이니."

크로이드는 보통 사람은 쥐는 것만으로도 혼절시키는 마검을 아무렇지 않게 쥐고 여기저기 살펴봤다. 그리고 또 하나의 검인, 이름조차 없는 대검을 반대쪽 손에 움켜쥐었다.

"너, 특이한 무기를 두 개나 지니고 있구나. 한쪽은 자물쇠의 느낌이고 다른 한쪽은 열쇠 같군. 제어와 돌파, 두 가지를 한꺼번에 지니고 있는 네 녀석도 보통은 아니구나."

크로이드는 두 개의 검을 번갈아가며 바라보며 눈썹 사이를 살짝 좁혔다.

"하지만 왜 하필 어둠의 힘이냐. 안타깝구나."

크로이드의 입에서 그답지 않게 탄식이 나오자 카일은 쓴웃음을 지었다.

"역시 어둠보단 빛의 힘 쪽을 택할 걸 그랬나 보죠?"

"그런 문제가 아니다. 내가 말하려는 건……."

크로이드는 하던 말을 멈추고 주변을 둘러봤다. 대련이 끝났음에도 심상치 않은 분위기가 이어지자, 호기심을 느낀 병사들이 슬그머니 대련장 안으로 다가오는 중이었다.

"슈겔."

"이걸 부탁하는 거지? 알았어."

어느새 크로이드의 뒤에 나타난 슈겔은 또 하나의 장벽을 시전했다. 이전에 설치한 마법 장벽과 달리 스승과 제자 간의 대화가 밖으로 흘러나오지 않게 방음 역할을 했다.

슈겔은 양손을 휘휘 저으며 오지 말라고 신호했고, 병사들은 중요한 이야기일 거라 직감하고 더 이상 다가오지 않았다.

"카일."

"네."

"너는 왜 어둠의 힘은 배척당하고 빛의 힘은 환영받는지에 대해 근본적으로 의문을 품어본 적 있었냐?"

"네? 새삼스럽게 이제와 그런 걸 물어보십니까?"

"대답이나 해라."

전혀 의외의 질문에 카일은 머리를 굴려봤지만, 원론적인 대답 외엔 아무것도 떠오르지 않았다. 하지만 크로이드의 표정은 어떻게든 대답해 주길 원하는 얼굴이었다.

"그러니까… 쉽게 말하면 어둠 그 자체가 사람들에게 거부감을 주기 때문이 아닙니까?"

"그러니 그 거부감 자체가 어디에 근거했는지 물어보는 거다."

"흐음, 그걸 물어보신다고 해도 딱히 대답할 말이……."

대답과 질문의 반복 속에도 카일은 깊게 생각하기 힘들었다. 어둠의 힘을 쓰는 카일 본인조차도 자신에게 쏟아지는 거부감을 당연하게 여겼기 때문이다.

"의외로 간단해. 힘의 성질이 그것을 소유한 자의 성향에도 영향을 끼치기 때문이다. 지금은 많은 이에게 잊혀진 사실 중 하나지."

크로이드는 다크블로우를 반 바퀴 휙 돌리더니, 검집 부분을 쥐고 검자루를 카일을 향해 내밀었다.

"어둠의 힘은 소유자를 이성보단 감정에 따르도록, 타인보단 자기 자신을 위해 행동하도록 이끈다. 반면 빛의 힘은 어둠의 힘과 반대 방향으로 이끌지. 다소 고지식하게 만든달까? 물론 반드시 그렇게 된다는 건 아니다. 대신 그 힘의 영향에 맞춰 행동하면 더욱더 힘을 키울 수 있게 돼. 어찌 보면 각각 다른 힘에 걸린 안전장치라 볼 수 있지."

빛의 힘은 이타적으로 움직이도록 유도해 행동에 제약을 주고, 어둠의 힘은 강해지면 강해지는 만큼 소유자에게 파멸을 안겨준다.

"그래서 네놈이 이상하다는 거다. 어둠의 힘을 그렇게 끌어 쓰는데도 악마처럼 보이지 않아. 광기에 물들지도 않았고."

"마족들에겐 전 이미 충분한 악마입니다만, 이런 대답을 원하시는 건 아니겠죠."

여러 차례 광기에 물들 뻔한 적이 있었지만, 그때마다 카일은 동료들의 도움으로 극복해 나갈 수 있었다. 하지만 크로이드의 설명대로라면 극복 그 자체가 이상하다는 지적이었다.

크로이드는 남은 하나의 대검을 카일에게 마저 건네주며 한숨을 길게 내쉬었다.

"왜 그런 차이가 생기냐고 나에게 물어본들 무슨 대답을 할 수 있겠냐? 그저 신의 장난이라고 볼 수밖에. 하지만 지금 의 네가 정상이라고 볼 수 없다는 건 분명하다. 슈겔도 그렇 게 말했어."

"그래서 결론이 무엇입니까?"

카일은 크로이드가 그답지 않게 빙빙 말을 돌리고 있음을 지적했다. 잠시 말을 멈추고 고민하던 크로이드는 슈겔을 보 고 고개를 끄덕이더니 결심을 굳혔다.

"슈겔이 따로 보관해 놓은 기억 중에서 조사 중이긴 하지 만, 미리 말해두마. 너의 존재 자체에 뭔가 인위적인 조치가 가해졌을지도 모른다."

"……."

순간 카일과 카트리나의 표정이 동시에 경직되었다.

"이해가 잘 안 된다면 더 쉽게 풀어서 말해주마. 네 옆에 있는 아가씨처럼……."

"스승님!"

"그래, 표현을 바꿔서 말해주마. 저 아가씨에게도 일어난 일이 너에겐 안 일어날 거라고 확신할 수 있냐? 물론 너의 경우는 엘레힘 교단과는 별 관련 없다고 생각되지만."

"확실합니까? 제 기억에는 그런 일을 당한 적 자체가 없습니다만."

"네가 알고 있는 기억이 절대로 옳을 거라는 믿음은 버려라. 반대로 거짓이라 여겼던 것이 사실일 수도 있다. 기억을 소거하고 보존하는 방법이 있다면, 변조시키는 방법도 있게 마련이다."

제자는 어떻게 해서든 스승의 말을 부정하고 싶었다.

하지만 스승은 자신이 판단한 사실을 냉정하게 느껴질 정도로 이야기했다. 뭔가 설명이 부족하다 싶으면 툭툭 끼어들던 슈겔마저도 지금은 입을 다물고 있었다.

"그렇다면 한 가지 물어보도록 하죠. 스승님 말이 옳든 그르든 간에 왜 이제와 말하신 겁니까? 그날 다 말해 버리지 그랬어요."

"그땐 이상하다는 느낌만 있었지 확신할 수 없었다. 뭣보다 이전에 소거했던 기억과 관련된 내용이라 그 기억을 찾는 데 시간이 걸려서이지. 그리고 네가 어둠의 힘에 지배당했는지 아닌지 파악하는 게 뭣보다 중요했다. 그래서 나답지 않게 아까 널 부른 거고."

크로이드의 대답은 그가 소유한 홍염의 힘과 달리 차갑기 그지없었다.

"내 말을 믿든 말든 네 자유다. 아직까진 더 파고들어야 구체적인 사실을 알 수 있으니. 단, 그전까지 마음의 준비 정도는 해둬라."

4

그로부터 일주일 후.

케이오스 마을로 돌아가기로 결정한 크로이드와 슈겔을 카인과 카트리나가 마중 나왔다.

이미 첫날 용건을 마친 크로이드와 달리 슈겔은 좀 더 성에 머물고 싶어 했지만 못내 아쉬워하며 공간이동용 마법진을 설치했다. 돌아가는 데는 여러 이유가 있었지만 뭣보다 카트리나로부터 건네받은 '시드'를 엘레힘 교단의 눈을 피해가며 분석하려면 아무래도 세상과 격리된 케이오스 마을이 적격이었다.

"네 친구 중에 마법에 정통한 녀석 있다면서? 그 녀석에게 이걸 건네주면 알아서 잘할 거야. 아, 그리고 이것도."

슈겔은 룬문자가 빽빽이 적힌 붕대로 감싼 상자를 카일에게 건넸다. 추가로 받은 돈주머니를 카일이 손바닥으로 가볍게 툭툭 쳐올렸다.

"이건 웬 돈입니까?"

"네 스승이 첫날 박살 낸 용병들의 무기 값. 제법 정성 들여 만든 무기라 예산에 문제 생겼을 거야. 그 대머리 인간에게 미안했다는 말도 덧붙여 줘."

말을 마친 슈겔이 옆으로 슬쩍 자리를 비키자 자연스럽게 스승과 제자가 서로 마주 보는 구도가 되었다.

"카일, 마지막으로 하고 싶은 말은 없냐?"

'마지막'이라는 단어가 카일에게 의미심장하게 다가왔다.

"딱 한 번만이라도 좋습니다. 만약 이곳이 위험에 처할 경우, 그리고 제가 이곳에 없을 때 힘을 좀 보태주시면 됩니다."

카일은 이런 경우를 예상해 어떤 대답을 해야 할지 미리 고민하고 왔다. 그리고 그나마 가능성이 높다고 판단한 부탁을 무덤덤한 목소리로 전했다.

"나와 같이 싸워달라고 말할 줄 알았는데."

"어차피 그런 부탁은 들어주실 리 없잖아요."

스승과 제자 사이라고 해도 카일과 크로이드는 서로 다른 방향으로 발을 디딘 상태였다. 서로 대적하지 않지만 같은 길을 걸어갈 수 없는 운명을 사제는 순순히 받아들였다.

"일단은 기억해 두겠다."

붉은색의 마법진이 지면에서 빛을 발하더니 슈겔과 크로이드의 모습이 순식간에 사라졌다. 카일은 땅바닥에 덩그러니 남아 있는 마법진 위에 손을 스윽 가져가더니 고개를 살짝 들어 올렸다. 하고 싶은 말은 많았지만 마저 전달하지 못했다는 아쉬움이 잔뜩 묻어나는 표정이었다.

"역시 스승님의 말이 신경 쓰이나요?"

카트리나의 걱정에 카일은 턱을 어루만지며 고개를 좌우로 까닥거렸다.

"처음엔 뭐 말도 안 되는 소리 하시나 싶었지. 알지 못하는 누군가가 나에게 손댔다는 자체부터가 맘에 안 들고, 내가 알고 있는 사실들이 조작된 것일지 모른다는 것도 기분 나빴고. 그런데 말이야… 그럴 수도 있다는 생각이 들면서부터 이제까지 아무렇지 않게 넘어갔던 것들이 거슬리기 시작했어."

우연이었던 것이 사실 필연이었고, 그 반대도 있을 수 있다고 생각하게 되자 요 일주일간 카일의 머릿속은 완전 뒤죽박죽이었다.

"스승님 말대로 만약 누군가가 내 몸을 건드렸다면 무슨 목적으로 그랬는지 알고 싶어. 그리고 그 누군가의 의도대로 움직이지 않는 거지. 그게 내 나름대로 고심해서 고른 결론이야."

"여전히 당신다워서 다행이에요."

기존에 하던 일을 계속 진행하면서 그 '누군가'와 '의도'를 파악하는 것만 덧붙여진 것뿐이라며 카일은 결론을 내렸다.

카일은 몸을 일으키더니 뒤를 돌아 걷기 시작했다. 멀리 떨어진 수련장에 집결 중인 실버윙즈와 폴스타드 용병단—이제는 실버윙즈에 완전히 편입된—이 카일을 기다리고 있었다. 한 달 동안의 휴식을 마친 그들은 아직 끝나지 않은 마족과의 전쟁에 다시 참여하기 위해 만반의 준비를 끝낸 상태였다.

"코르테스 님, 페이서에게 연락은?"

"며칠 전에 왔던, 예정보다 늦어지겠다는 편지 말고는 아직 없습니다."

실버윙즈의 출정식을 위해 나타난 코르테스는 이마의 땀을 연신 닦아내며 난감해했다.

카일은 가볍게 한숨을 내쉬며 하늘을 올려다봤다. 여러모로 심란할 수밖에 없는 지금, 블랙아웃 모드에서 벗어나지 못하던 자신을 매번 구해줬던 친구의 빈자리가 그 어느 때보다 크게 느껴졌다.

'어, 그런데⋯⋯.'

카일은 이전 크로이드가 한 말을 다시 떠올리며 생각에 잠겼다.

위기에 처하거나 더 강한 힘을 필요로 할 때, 카일은 자신을 유혹하는 어둠 너머에서의 목소리를 항상 들었다. 그리고 그 목소리에 어쩔 수 없이 응해 블랙아웃 모드로 들어갈 때마다 반복되는 환상이 있었다.

분노에 이끌려 어둠의 힘을 끌어내기 위한 환상을 이전까진 말 그대로 환상으로만 여겼다. 전쟁 속에서 실제로 겪은 잔혹한 장면에 익숙해진 그로선 생소한 것도 아니었고, 뭣보다 마족들이 죽어나가는 장면을 보고 인간인 그가 분노할 이유는 없었기 때문이다.

'날 어둠에 빠지도록 유혹하면서 왜 그런 환상을 보여줬던 거지? 도대체? 아니, 애초에 그건 환상이 아닌 진짜 내 경험이었던 걸까?'

거짓이라 믿어왔던 것이 현실이었을지 모른다는 생각에 도달하자 카일의 뇌리에 혼돈이 자리 잡기 시작했다.

*　　　*　　　*

"여긴 여전히 변함없네. 하긴, 그러라고 만든 곳이지만 말이야."

일주일간의 짧은 일탈을 즐긴 슈겔은 평화롭기 그지없는 마을 풍경을 바라보며 말했다.

"넌 어땠어? 난 오래간만에 대규모 마법 장벽도 구현해 보고, 내 앞에서 벌벌 떠는 애송이 마법사들에게 한 수 가르쳐 주고, 나중에는 친해져서 술도 마시곤 했는데."

크로이드는 대답하지 않고 오두막 옆 스칼렛의 비석 앞에

섰다.

"그나저나, 카일 그 녀석의 부탁 들어줄 거지?"

"글쎄."

"그래도 결국 제자 말 들어줄 생각이잖아. 넌 필요 없다고 생각하면 가차 없이 기억에서 소거시켜 버리면서."

"그랬지."

크로이드의 입이 살짝 미소를 머금었지만 이내 원래의 굳은 표정으로 돌아갔다.

"그러면 난 이걸 본격적으로 분석해야겠어. 한동안 지하 유적 안에 처박혀 있을 테니 급하면 연락하고."

정육면체 모양의 시드를 품에서 꺼냈다 도로 집어넣은 슈겔의 몸이 수십여 마리의 박쥐 떼로 변하더니 수풀 속으로 사라졌다.

홀로 남게 된 크로이드는 눈을 감더니 카일과의 대련을 떠올렸다. 카일이 소유한 힘은 흑염이었고 그중 어둠의 힘이 유달리 강했다는 건 분명했다. 비록 스승을 이길 정도로 강하지는 않았지만, 어쨌든 그 강함에도 불구하고 카일은 이성을 유지하고 있었다. 제자가 망가지지 않았음에 반대로 안심할 수 없다는 현실이 크로이드는 안타까웠다.

"넌 도대체 어떤 길을 가려고 하는 거냐⋯⋯."

타의에 의해 불로의 저주를 받은 스승.

그리고 의도는 알 수 없지만 인위적인 무언가로 인해 '생각보다' 광기에 물들지 않은 제자.

형태는 다르지만 왠지 모르게 자신과 같은 길을 걸어갈 것 같은 카일이 크로이드는 걱정될 따름이었다.

5

엘레힘 신성력 1327년 8월 4일.

"호오, 그런 식으로 구현할 수도 있었군. 마법의 길이란 역시 아무리 파고들어도 끝이 없단 말이야."

제이스는 제럴드의 마법 구현 과정을 바로 옆에서 관찰하면서 감탄을 금치 못했다.

"그래, 자네 마법의 길에 들어선 지 몇 년째라고 했지?"

"30년 정도 되었습니다."

"30년! 꽤 오랫동안 걸어왔구먼. 물론 나야 자네보다 경력은 더 길지만 이런 발상은 아직 못 했어. 역시 경험보단 패기인가? 허허허."

행방불명된 스승 제이스를 제자인 제럴드가 우여곡절 끝에 다시 찾았을 당시, 제이스의 머리는 30여 년 전의 과거를 현재로 인식했다. 그리고 한동안은 이전 전쟁이 끝났을 20여 년 이야기만 하다가 이번엔 지금으로부터 10년 전인, 한직으로 물러난 제자를 멀리서 안타깝게 바라만 봐야 했던 시절을 현재로 받아들인 상태였다.

기억이 오락가락하는 스승 앞에서 결국 제럴드는 자신이 제이스의 제자라는 사실을 주장하길 포기했다. 대신 쓴웃음이 버릇이 될 정도로 속이 타들어갔다.

예정대로라면 제이스를 데리고 코르테스가 세운 성으로 가야 했지만, 이렇게 일이 지체되다 보니 어느덧 보름 가까이 시간이 흘러 버렸다. 억지로라도 데려가려 해도 제이스의 건강 상태가 겉보기보다 훨씬 안 좋았기에 결국 포기했다.

"그나저나 전부터 말하고 싶었네만, 자네의 마나 운용 방식은 꽤나 독특하구먼. 실전 위주로 운용되는 듯싶으면서도 기본에 충실해. 어디 마탑 출신인가?"

"이름이 알려진 곳이 아니라 말해도 잘 모르실 겁니다."

"그래? 그럼에도 자네만한 실력자를 키워내다니 그 나와 이름이 같은 자네의 스승이란 사람의 자질도 대단하구만."

"그렇습니까……."

제럴드는 10년 전으로 되돌아가 버린 제이스를 앞에 두고 그저 씁쓸한 미소만 지을 뿐이었다.

"하지만 안타깝구먼. 자네에게 실례될지 모르겠지만, 시력을 잃어버린 타격이 너무 커."

"분명 결점이겠죠. 그렇지만 더 좋아진 점도 있습니다. 시력이 사라진 이후 온도를 느끼는 감각이 더욱 예민해지더군요. 덕분에 와이어를 다루는 기술도 더 늘어났습니다."

"호오? 움직임이 대단하군!"

제이스는 제럴드의 손바닥 위에서 자유자재로 형태가 변하는 와이어를 보며 감탄했다. 차가운 빙기에 휩싸여 마치 서리가 살짝 내린 듯한 와이어가 허공에서 서로 뒤엉켜 매듭을 지었다가 도로 풀리기를 반복했다.

"그러면서도 명상을 항상 유지하고 있다니, 참 기묘하군."

이는 극도로 안정된 상태뿐만이 아니라 어떤 상황에서도 명상을 취할 수 있도록 그를 지도한 케이드린의 덕이 컸다. 비록 계속 일정량의 마나를 소모해야 한다는 부담은 있었지만, 새로운 '눈'을 얻은 대가라고 치면 오히려 이득에 가까웠다.

"아무튼 마법에 능통한 사람이 옆에 있으니 이야기할 맛이 나는구먼. 이 마을엔 룬 문자 하나 쓸 줄도 모르는 사람들밖에 없어서리… 에잉."

제이스의 푸념에 사제 간의 이야기를 옆에서 듣고 있던 페이서가 쑥스러워하는 표정을 지었다.

리에트는 애초에 말 자체를 짧게 끊어 말해서 이야기 자체가 힘들었고, 페이서는 마법사가 아니기에 역시 마찬가지였다. 코델리아는 혹시라도 자신의 정체를 제이스가 알아챈다면 건강에 해가 될까 봐 페이서와 제럴드의 만류에도 박쥐로 변해 집 근처 수풀 사이에 숨어 있었다.

이러다 보니 자연스럽게 제이스의 이야기 상대는 제럴드로 고정되었다.

"그러고 보니 아까 그 마법 구현할 때 말일세… 우, 우웩!"

"스승님!"

제이스의 몸이 휘청거리더니 앞으로 푹 쓰러졌다. 제이스는 땅바닥에 쓰러진 채로 점심때 먹었던 죽을 모조리 토해냈다.

"으… 어……."

"괜찮으십니까?"

제럴드는 제이스를 급하게 일으켜 세웠다. 어두워진 그의 시야 속에 제이스의 마나가 급격하게 요동치기 시작했고, 시큼하고 역한 냄새가 코를 찔렀다.

하지만 제럴드는 이에 아랑곳하지 않고 제이스를 부축해 집 바로 앞에 놓인 안락의자에 앉도록 이끌었다. 페이서는 제이스의 집 안으로 급히 들어갔다 수건을 가지고 나왔고, 리에트는 앙상하고 힘이 쭉 빠진 제이스의 손을 붙잡고 치유마법을 급히 시전했다.

제이스의 집 앞이 난리법석이 되자 멀리서 청년 한 명이 급하게 달려왔다.

"젠장, 이게 뭐야. 죽으려면 빨리 죽을 것이지, 망할 노인
네……."

청년은 인상을 팍 쓰면서 바닥에 토해낸 죽을 걸레로 닦아
내며 투덜거렸다. 자연스레 청년을 바라보는 제럴드와 페이
서의 인상은 고울 수 없었다.

"뭘 봐? 불만 있어?"

청년은 인상을 잔뜩 찌푸리더니 오물이 잔뜩 묻은 걸레를
손가락 끝으로만 들어 올리며 코를 틀어막았다.

"난 갑자기 나타난 저 노인네를 돌보느라 귀찮아 죽을 지
경이라고! 밥도 제대로 못 먹어서 먹여줘야 하지, 돈이라도
제대로 받고 이런다면 모를까……."

"돈이 필요합니까?"

제럴드는 품에서 작은 돈주머니를 꺼내더니 입구를 열어
안을 보여주었다.

"헉! 그, 금화잖아!"

반짝이는 금화를 본 청년이 눈을 크게 뜨며 손을 뻗었다.

"그동안 저분을 돌봐주신 대가로 이 정도면 부족하지 않겠
죠?"

"부족하긴! 이 정도면 앞으로 몇 달이라도 저 노인네를 돌
봐줄 수 있다고. 아까 짜증 내서 정말 미안해!"

"그렇겠죠. 단, 저는 그냥 건네주고 싶진 않습니다."

후두둑.

돈주머니에서 금화들이 땅바닥에 쏟아졌다.

"자, 집으시지요."

"⋯⋯."

"전 이깟 금화 따위 아깝지 않습니다. 단, 당신이 저분께 대한 태도에 걸맞게 돈을 건네 드리고 싶을 따름입니다."

눈이 보이지 않는 제럴드는 청년이 어떤 표정을 짓고 있는지 볼 수 없었다. 하지만 미세하게 요동치는 마나의 흐름만으로도 어떤 기분인지 파악하기엔 충분했다.

청년은 잔뜩 굳은 얼굴로 허리를 숙이더니 금화를 하나씩 줍기 시작했다. 침묵이 감도는 가운데, 마지막으로 남은 금화에 손을 뻗는 청년의 입가에 미소가 자리 잡았다.

하지만 제럴드는 그 금화를 발끝으로 툭 밀었다. 청년이 손을 금화가 밀려 나간 방향으로 뻗자 이번에는 금화를 발로 밟았다.

"그리고 아까 돈 이야기를 하셨는데, 이미 두둑한 보수를 받았다고 들었습니다. 제 말이 틀립니까?"

"그, 그건⋯⋯."

제이스를 맡기고 떠난 관리들이 준 돈은 친구들과 술집에서, 그리고 도박으로 날려 버린 지 오래였다.

제럴드는 제이스가 여기로 온 뒤 어떤 취급을 받았는지 구체적으로 알 수 없었다. 하지만 지금 청년의 태도 자체가 구구절절한 설명을 대신했다. 뭣보다 거동이 불편한 제이스의 몸을 제럴드가 직접 씻겨주던 도중, 옷에 가려져 있던 멍 자국을 손으로 만져 알아냈을 땐 살기가 가득했다.

"또다시 저분을 망할 노인네라 욕하는 소리가 제 귀에 들린다면……."

제럴드는 발밑에 감췄던 금화를 오른손으로 집어 들었다. 순간 동전에 서리가 솟아오르더니 순식간에 얼어붙었다.

제럴드가 그 동전을 앞으로 휙 던지자 청년은 반사적으로 받았다. 그러자 동전에 머물렀던 한기가 순식간에 손을 거쳐 두 팔을 휩쓸었다.

"으아아악!"

"이곳은 겨울에도 눈이 내리지 않는 곳이니 동상에 걸려본 적은 없을 겁니다."

뼛속까지 파고든 냉기가 가져다주는 고통에 청년은 울음을 터뜨리며 소리를 마구 질렀다. 동전을 받던 자세 그대로 양쪽 팔 모두 얼음에 갇혀 버리자 두려움은 극에 달했다.

"자, 잘못했어! 아, 아니! 잘못했습니다! 살려주세요!"

"사과할 대상은 제가 아니라 저분입니다."

제럴드는 오른손을 내밀더니 안락의자에 누워 거친 숨을

내뱉고 있는 제이스를 가리켰다. 그러자 청년은 다급히 무릎을 꿇더니 고개를 마구 조아리며 펑펑 울었다.

"잘못했습니다! 다시는 무례하게 굴지 않겠습니다!"

"단지 무례했을 뿐입니까?"

"다, 다시는 때리지 않겠습니다! 정말입니다! 믿어주십시오!"

"꺼지십시오. 지금 당장. 그리고 다시는 오지 마십시오."

청년을 휘감았던 한기가 제럴드의 몸 안으로 빨려 들어가더니 얼음이 순식간에 녹아내렸다. 얼었을 때보다 몇 배는 더 극심한 고통이 전신을 강타했지만, 무조건 도망가야 한다는 공포에 질린 청년은 고통마저 잊고 다급히 도망쳤다.

청년이 있던 자리엔 아까 주웠던 동전이 여기저기 흩어져 있었고 도망간 방향을 따라 긴 핏자국이 마을 안쪽까지 길게 이어졌다.

한 번 얼어붙었던 청년의 양팔은 최대한 빠른 시간 내에 치유받지 않는 이상 썩어버릴 것이 분명했다. 그러나 이 한적한 마을 안에 사제는 없었고 결국 제럴드는 청년이 제이스는 물론 앞으로 그 누구도 때릴 수 없는 몸으로 만든 셈이었다.

"제럴드……."

"저답지 않은 모습을 보여줬군요. 죄송합니다."

페이서는 이렇게 분노하는 제럴드를 보기는 처음이었다.

그 어떤 상황에서도 냉정함을 지키며 자신보단 상대의 감정을 부추기는 제럴드 특유의 감정 표출 방식과는 달랐다.

물론 예전의 카일처럼 욕설이 반 이상 섞인 격한 말은 아니었다. 하지만 이런 상황에서조차 한 치의 흐트러짐 없이 차갑게 이어지는 제럴드의 말이 반대로 뼛속까지 얼어붙게 만들 정도의 한기를 느끼게 해줬다.

6

"콜록! 콜록!"

그날 밤, 침대에 누워 있는 제이스의 입에서 기침이 끊이질 않았다. 제럴드와 페이서, 그리고 코델리아가 제이스를 지켜보는 가운데 리에트는 연달아 시전하던 치유마법을 중단했다. 리에트는 특유의 무표정한 얼굴로 고개를 가로저었다.

"힘들어. 안타까워."

그녀의 이마에선 땀이 쉬지 않고 흘러내렸고, 제럴드는 고개를 끄덕였다.

"역시… 아무래도……."

미약했던 제이스 몸 안의 마나는 어둠으로 점철된 제럴드의 시야 안에서 꺼지기 직전의 촛불처럼 깜박거리고 있었다.

어찌 보면 지금까지 살아 있는 게 신기할 정도로 제이스의 몸은 만신창이가 된 지 오래였다. 생에 대한 강렬한 미련이 제이스를 이승에 붙잡고 있다고 생각할 수밖에 없었다.

"제이스 님의 몸이 이렇게 된 것엔 분명한 무언가가 있을 겁니다. 이전 전투에 패배한 후유증이라고 단정 짓기엔 의심 가는 부분이 있습니다."

그동안 제럴드는 단순히 제이스를 돌보고 말 상대만 해준 게 아니었다. 스승이 왜 이렇게 되었는지를 밤새도록 고민하고 생각했다.

"이제와 그게 무슨 상관이겠나. 아무래도 나는… 난 여기까지겠지?"

"……."

"그래도 다행이구먼. 그걸… 완성시켰으니. 그… 저쪽의……."

제이스가 벌벌 떠는 오른팔을 천천히 들어 올리더니 검지로 벽에 붙어 있는 탁자를 가리켰다. 자리에서 일어선 제이스가 탁자의 서랍을 열자 룬문자가 빼곡히 들어찬 종이가 뭔가를 둘둘 감싸고 있었다.

"이건 마나 코어(Mana core) 아닙니까?"

투명한 수정구 안에 상당량의 마나가 응집되어 있었다.

제럴드는 조심스럽게 종이를 벗기고 손바닥 안에 들어오는 크기의 마나 코어를 들고 제이스에게 가져다주었다. 그러자 고통으로 일그러졌던 제이스의 얼굴이 조금이나마 미소를 머금었다.

"난 자식이 없지. 아니, 딸이 하나 있긴 했어. 하지만 나처럼 마법사의 길을 걷던 도중 마나가 폭주해서… 결국 가슴에 묻어야 했지. 그래서 난 여자를 제자로 받아들이길 거부했다오."

제이스는 마나 코어를 양손으로 어루만지며 아무에게도 말한 적이 없었던 이야기를 시작했다. 짧게 끊기며 이어졌던 말은 어느새 평상시처럼 이어졌다.

"대신 제자들을 자식처럼 여기며 키워왔네. 그중에서도 그 애만큼은, 자네와 이름이 같은 제럴드만큼은 각별했어. 날 넘어설 거라 여겼던 유일한 애였고 결국엔 넘어섰지. 그러나 다시 내려앉을 줄은 미처 몰랐다네. 이건 다 스승인 내 불찰이야……."

제이스는 수정구를 양손으로 들어 올리더니 제럴드 쪽으로 내밀었다.

"제럴드, 자… 자네에게 부탁이 있네……. 내가 할 수 있는… 해야만 하는 마지막 일이 있어……."

다시 말이 툭툭 끊기며 상태가 불안정해지자 제럴드는 다급히 수정구를 받아 들었다.

"자네와 이름이 같은… 내 제자를 만난다면… 이걸… 반드시 꼭……."

천천히 그리고 힘겹게 이어지는 제이스의 부탁에 제럴드의 두 손이 경련했다. 그 모습을 보던 페이서는 고개를 옆으로 돌리더니 두 눈을 지그시 감았다.

"전해… 주게… 나……."

수정구를 같이 붙잡고 있던 제이스의 오른손이, 그리고 왼손이 힘없이 아래로 툭 내려왔다. 희미한 미소를 짓고 있던 그의 두 눈이 천천히 감겼다.

"제이스 님? 제이스 님!"

제럴드의 시야 안에서 깜박거리던 제이스의 마나가 어둠 속으로 완전히 동화되어 사라져 버렸다.

"스승님……."

수정구를 들고 있던 제럴드의 두 손에 힘이 들어갔다.

순간 푸른빛이 방 안에서 뻗어나가더니 제럴드의 주변으로 차가운 한기가 안개처럼 깔리기 시작했다.

Chapter 35
가치 없는 인질

1

엘레힘 신성력 1327년 9월 10일.

"돌진! 돌진하라!"

포르칸의 외침에 실버윙즈의 전 병력이 일사불란하게 움직였다.

실버윙즈와 몬스터 군단 양쪽의 머리 위로 화살들이 마구 발사되었다. 카트리나가 전개한 거대한 보호막과 몬스터 쪽 마법사들이 펼친 마법의 장벽을 뚫고 들어온 화살에 양측의 병사들이 쓰러졌다. 그러나 상대적으로, 그리고 절대적으로도 실버윙즈 쪽 부상자들이 훨씬 적었다.

"거의 끝났다! 계속 밀어붙여!"

제이콥스 대신 새롭게 부단장으로 임명된 레이크는 핏방울이 뚝뚝 떨어지는 검을 휘두르며 선두에서 물러서지 않았다.

그렇게 30여 분이 흘러가자 마족들이 지휘하던 몬스터 부대는 막대한 사상자를 남기고 다급히 후퇴했다.

가장 앞에서 혈전을 치르던 카일은 지면과 수평이 되도록 다크블로우를 옆으로 내밀더니 추격을 중단시켰다.

승리가 확정되자 뒷수습을 위해 실버윙즈의 일원들이 분주하게 움직였고, 카일은 다크블로우를 한 번 크게 휙 휘두르며 검신에 묻었던 피를 단번에 털어냈다. 갑옷 여기저기엔 그가 베어낸 몬스터와 마족의 피가 잔뜩 묻어 있었다.

"카일 님! 괜찮으십니까?"

"보다시피. 사망자와 부상자는 어느 정도 될 거 같아?"

"예상보단 훨씬 적을 겁니다. 휴우, 이걸로 폴스타드 용병단의 마지막 일이 끝났군요."

부상자들이 실려 들어가는 마차 위엔 기존에 있던 문양에 늑대 얼굴을 추가한, 새로운 실버윙즈의 깃발이 바람에 펄럭였다.

통칭 '코르테스 성'에서의 출정식이 있기 전 폴스타드 용병단 쪽에서 실버윙즈에 편입되겠다는 의사를 표했다. 그렇다고 용병단의 이름으로 이전에 받아놓은 의뢰들을 일방적으로 파기할 수는 없었던 터라 한 달 동안 빠르게 전장을 돌아다녔다. 그 결과 오늘 마지막 의뢰를 성공에서 마쳤다.

"그런데 진짜로 용병 일 관둬도 괜찮겠냐? 나야 폴스타드 용병단이 실버윙즈에 들어오는 걸 환영하지만 이전에 비해 수익이 확 줄어들잖아."

카일의 우려에 레이크는 가볍게 웃으면서 수건으로 검신의 피를 닦아냈다. 처음엔 카일을 따라 검을 강하게 휘둘러 봤지만 결국 폼 나게 핏방울을 떨어내는 건 포기했다.

"돈 많이 벌어봤자 죽으면 아무 소용없습니다."

"그거 그 인간… 이 아니라, 네 아버지가 질리도록 했던 소리잖아."

"맞습니다. 결국 사는 게 중요하죠. 다들 돈을 벌려고 검을 들었지만, 죽으면 아무 의미 없잖습니까? 어차피 남고 싶은 사람만 남으라고 했으니 의견 조율에도 문제없습니다."

실버윙즈에 합류한다는 발표에 예상보다 훨씬 적은 수인 1/10에 해당하는 용병들만 다른 곳으로 떠난 터였다. 남은 용병 중 일부는 코르테스 성 경비에 합류했고 그 결과 성을 떠난 실버윙즈의 병력은 6,000에 달했다. 더 많은 병력으로도 구성할 수 있었지만 양보다 질을 감안하여 고르고 고른 숫자였다.

여기에 아직 만나지 못한 페이서 일행까지 합류한다면 마족 측은 물론이거니와 인간 측에서도 절대 무시못할 전력이 구축된다.

'아무래도 나는 위험 요소가 너무 많으니까…….'

현재 자신의 위치를 페이서에게 양보하는 쪽이 좋다고 카일은 생각했다. 누군가를 이끄는 일은 성격상 맞지도 않았고, 무엇보다 스승이 언급했던 이야기를 뇌리에서 떨칠 수 없었다.

"카일, 괜찮아요?"

"응? 뭐가?"

카일은 카트리나의 목소리에 뒤를 돌아보며 아무렇지 않게 대답했다.

"걱정할 필요 없어. 지금 내가 겪고 있는 고민 따위야 네가 그동안 시달린 거에 비하면 아무것도 아냐."

"그래도……."

"뭣보다 반드시 그렇다고 확정된 이야기도 아니고, 스승님 친구분이 확실하게 알아보겠다고 했으니 그때 되어 위로해 줘도 늦지 않아."

카일은 그녀의 우려에 아무렇지 않다는 듯 태연한 모습을 보여주었다. 다른 이들은 둘만의 이야기라 여기고 끼어들지 않았다.

"우선 앞으로의 일정이 중요하지. 레이크, 여기서 가장 가까운 성이 어디지?"

"모르드 왕국과 관련된 곳을 제외한다면 빌드레이크 성이 그나마 가장 가깝습니다. 일주일 정도 행군해야 하지만요."

"일주일이라. 거참, 거기까지 가는 것도 일이로군."

이전에도 그랬지만 카일과 모르드 왕국 간의 관계는 시간이 흐를수록 험악해져만 갔다. 아직까지 서로 간에 직접적인 충돌은 없었지만, 모르드 왕국이 카일에게 건 현상금은 어느새 2배로 껑충 뛰어올랐다.

"지난번 나르란드 왕국 같은 경우는 없겠지?"

이미 받은 의뢰들을 급히 처리하는 와중에 있었던 해프닝을 언급하자 레이크는 물론 옆에 있던 포르칸마저 질렸다는 표정을 지었다.

"그때 카트리나 님이 아니었다면 진짜 큰일 날 뻔했죠. 지금 생각해도 아찔합니다. 수면제를 탄 음식이 뭡니까, 도대체."

"그래도 요새 탈환 작전에 쓸 공성무기를 모두 박살 내고 왔으니 속은 후련하지 않아?"

나르란드 왕국의 의뢰는 사실 모르드 왕국에 잘 보이기 위한 나르란드 왕 펠리스 4세의 어설픈 계략이었다. 카일은 만

찬에 나온 음식에 수면제가 들어 있는 걸 알자마자 대뜸 펠리스 4세를 향해 다가갔고, 그를 저지하려던 호위기사들은 카일이 뽑아 든 다크블로우에 죄다 쓰러졌다.

카일은 겁에 질린 펠리스 4세가 떨어뜨린 수배 전단지의 늘어난 금액을 확인하더니 그 '액수'만큼 나르란드 왕국군이 끌고 온 공성무기를 혼자서 파괴하고 떠났다.

"어째 마족보다 인간들이 더 큰 적인 거 같아. 이러다간 마족보다 모르드 왕국부터 어떻게 해야 할지도 모르겠어."

카일은 이마를 손으로 짚더니 두 눈을 감았다.

그러자 다급히 후퇴 중인 마족과 몬스터들과 정반대 방향에서 작은 빛이 떠올랐다.

"흐음? 저쪽에 매복한 병력이라도 있었나?"

카일은 눈을 떴다 다시 감으면서 시야 왼쪽 구석에 떠오른 빛에 집중했다. 그러자 시점이 왼쪽으로 집중되면서 빛이 크게 확대되었다.

"이건 분명히 기억에 있는데… 아, 그랬지!"

썩 유쾌하지 않았던 데르콘 성에서의 일이 떠오르며 카일은 인상을 찌푸렸다.

2

모르드 왕국군을 상징하는 깃발이 갈가리 찢긴 채 넓은 벌판 한복판에 떨어져 있었다.

천여 명에 달하는 모르드 왕국군의 반 이상이 단 한 명의 마족 공작에 의해 사망했고, 그 공작이 뿜어내는 부의 기운에 휩싸여 뼈만 남기고 녹아내렸다.

살아남은 수백 명의 병사는 기사들과 함께 그들이 끌고 오던 죄인 호송용 마차를 둘러쌌다. 그들은 잔뜩 긴장한 표정으로 자신들을 홀로 가로막고 있는 마족 공작을 응시했다.

"그래, 아까 뭐라고 했지?"

부의 힘을 소유한 마족 공작, 디케이드는 여송연을 입에 문채 연기를 길게 뿜어냈다.

"내 딸이 여기 있으니 잠자코 물러나라고? 너희 모르드 왕국도 죽은 자를 살려내는 비술을 지니고 있었냐?"

죄인을 호송하던 마차의 쇠창살은 절반 위가 잘려 나갔고, 그 안에서 포박된 상태로 앉아 있는 여성은 공포를 간신히 이겨내며 디케이드를 노려봤다.

"웃기지도 않는군."

디케이드는 여성과의 눈싸움에서 지지 않으려는 듯 그녀의 시선을 맞받아쳤다. 살점이 썩어 들어가는 악취가 풍기고 병사들의 해골이 나뒹굴고 있는 격렬한 전투의 흔적과 상반되게 그녀와 디케이드 사이에선 고요가 감돌고 있었다.

"더, 더 이상 다가온다면 네 딸의 목숨은 없다!"

모르드 왕국의 기사 켈트러스는 검을 뽑아 들더니 여성의 목에 겨누었다.

"그래?"

"지, 지금 당장 물러나라! 아, 아니… 순순히 붙잡힌다면 네 딸만은 살려주마!"

"그렇다면 내 딸이라고 주장하는 여자까지 포함해 모두 죽이면 깔끔하게 해결되겠군."

디케이드가 입에 문 여송연을 질끈 깨물자 왼쪽 안구에서 녹색 안광이 피어올랐다. 그가 쥐고 있는 러스티 블레이드의 검신 끝이 살짝 움직이자 켈트러스를 포함한 다른 기사들이 여성을 둘러쌌다.

바로 그때, 멀리서 모래바람을 일으키며 한 기의 말이 전속력으로 달려오고 있었다.

"케트란 장군님!"

*　　　*　　　*

말에서 내린 제이콥스는 달려올 때와 정반대로 조심스럽게 디케이드에게 다가갔다.

20여 년 전 기억에 남아 있는 상관의 얼굴과, 아까 망원경으로 본 마족의 얼굴과, 지금 자신에게 등을 돌리고 있는 디케이드의 얼굴을 비교해 동일인물인지 확인하기 위해서였다.

"넌 누구냐?"

디케이드가 제이콥스 쪽으로 몸을 돌린 순간, 제이콥스는 다리에 힘이 풀리면서 무릎을 꿇었다.

"이, 이게 어떻게 된 일입니까?"

"넌 누구냐고 물었다."

"절 모르시겠습니까? 제이콥스입니다! 케트란 장군님, 기억 못하십니까?"

케트란이 디케이드란 이름의 마족 공작이 되었다는 이야기는 이미 들었다. 하지만 이렇게 현실로 접하게 되니 절망감을 떨쳐 낼 수 없었다.

"케트란은 죽었다."

"케트란 장군님! 왜 이렇게… 이렇게 되신 겁니까!"

"제이콥스, 더 이상 날 인간이었을 때의 이름으로 부르지 마라."

디케이드는 몸을 다시 모르드 왕국군 쪽으로 돌리면서 제이콥스를 외면했다.

"말도 안 돼… 그럴 리가 없어."

쇠창살 너머에 포박되어 있던 여성, 레오나는 점점 다가오는 디케이드를 응시하며 고개를 가로저었다.

그녀의 아버지 텔릭이 어린 그녀에게 했던 말이 떠올랐다.

세상을 구한 건 빛의 용사 페이서와 그의 동료들이었지만, 자신이 알고 있는 가장 훌륭한 군인은 모르드 왕국의 장군 케트란이었다는 이야기를.

"내 아버님은 텔릭… 테르디어스 왕국의 기사, 텔릭 로디안이라고!"

레오나가 아버지의 이름을 부르짖자 디케이드의 왼쪽 눈썹 끝이 살짝 꿈틀거렸다.

"그래, 나에겐 살아 있는 자식이 없으니 넌 당연히 아니겠지. 전부터 모르드 왕국은 항상 이런 식이었어. 정말 맘에 들지 않아."

디케이드가 들고 있는 러스티 블레이드가 빛을 발하자 검신에서 녹색 액체가 뚝뚝 땅바닥에 떨어졌다. 더욱 가까워지는 부의 기운에 병사들은 무기를 내던지고 도망쳤고, 켈트러스를 포함한 기사들은 끝까지 가보자는 심정으로 레오나에 목에 거의 닿을 정도로 검을 가까이 댔다.

카앙!

디케이드의 어깨 너머에서 뻗어온 어둠의 기운이 마치 채찍처럼 요동치며 러스티 블레이드를 쳐냈다.

"멈춰!"

이번에는 네 기의 말이 빠른 속도로 디케이드를 향해 달려왔다. 가장 선두에서 달려오던 말이 급하게 멈춰 서면서 검은 머리칼의 청년이 빠르게 말에서 내렸다.

"제이콥스 님, 심정은 이해되지만, 먼저 가시면 곤란하죠."

카일은 제이콥스를 억지로 일으켜 세우면서 인상을 살짝 찌푸렸다.

"면목 없습니다……."

"아무튼 늦지 않아서 다행입니다. 여긴 저에게 맡기고 우선 물러나 계십시오."

카일은 왼손을 까닥거리며 제이콥스를 뒤로 물러서게 했다.

그사이 도착한 세 기의 말에서 카트리나와 레이크, 그리고 포르칸이 내리더니 카일의 옆에 섰다.

카일은 옆으로 살짝 걸음을 옮기더니 모르드 왕국 기사들에게 둘러싸인 레오나의 얼굴을 확인하고 눈을 가늘게 떴다.

"역시 레오나 경이 맞았어."

흔들리는 말 위에서 망원경으로 확인한 터라 확신은 없었지만, 혹시나 하는 생각에 서둘러 제이콥스를 쫓아간 선택은 옳았다.

"그리고… 진짜로 케트란 장군이었군. 젠장, 이렇게 일이 꼬이는 건 질색인데."

"흑염의 기운이라, 오래간만이로군."

20여 년 만에 만난 카일을 디케이드는 단번에 알아봤다. 카일의 몸에서 느껴지는 흑염의 기운이 모든 설명을 대신하고 있었으니까.

3

"케트란… 아니다, 이젠 디케이드라고 불러야겠지?"

"그렇다."

카일은 담담한 어조로 대답한 디케이드를 노려봤다.

목을 빙 둘러싼 흉터와 텅 빈 왼쪽 눈, 그리고 그의 몸에서 뿜어져 나오는 부의 기운을 제외하면 디케이드의 외모는 옛날과 크게 다르지 않았다.

'스승님 때도 그랬고, 이상하게 나는 매번 시간의 흐름을 거스르는 자들과 만나게 되는군. 이러다 보니 시간에 대한 관념이 계속 흐트러져. 좋은 건지 나쁜 건지 모르겠다.'

카일과 케트란과는 그저 아는 사이 정도였기에 그의 변모에 제이콥스만큼 충격을 받진 않았다. 하지만 복수를 위해 인간이 아닌 마족의 모습으로 나타난 그가 이전보다 '인간' 답게 느껴졌다.

"일이 요상하게 꼬일 것 같아서 미리 말해두겠어. 디케이드, 네가 모르드 왕국 놈들을 죽이든 살리든 상관할 바는 아니야. 아니, 그래준다면 오히려 이쪽에서 두 손 들고 환영하겠어. 문제는 저기 있는 아가씨와 안면이 좀 있어서 말이야."

카일은 검끝으로 레오나 쪽을 가리키며 말했다.

"그러니까 가능하면……."

"뭐, 뭐해? 당장 저 마족을 공격해! 쓰러뜨리라고!"

켈트러스의 외침이 카일의 말을 도중에 끊었다.

"하아? 지금 나보고 말한 거냐?"

카일은 여전히 벌벌 떨고 있는 켈트러스를 바라보며 코웃음을 쳤다. 그리고 장난 삼아 흑염의 기운 중 어둠만을 뽑아 다크블로우를 통해 발산시켰다.

그러자 켈트러스는 깜짝 놀라며 검을 떨어뜨렸다. 급하게 다시 주워 들긴 했지만 이전보다 더 심한 경련에 검끝이 심하게 흔들렸다.

"이봐, 내가 왜 네 말을 들어야 하지?"

"아니라고? 그러면 저 마족 편을 들 셈이냐?"

"내 목에 현상금을 건 주제에 나보고 이래라저래라 할 입장이라고 생각해? 오히려 너희가 시키는 대로 안 해야 정상이겠지."

"현상금? 그, 그리고 보니 너는……!"

켈트러스는 새파랗게 질린 얼굴로 카일의 손에 휘감긴 흑염의 기운을 바라봤다.

"그래, 내 목 하나에 인생 편하게 살 수 있는 돈이 걸린 카일이다."

카일은 다크블로우를 까닥거리며 어깨에 툭툭 내려쳤다.

"내가 마족과 싸우는 입장이긴 하지만, 그렇다고 모르드 왕국을 위해 공짜로 일할 생각은 눈곱만큼도 없어. 나에게 뭔가 지시하려면 뭔가 득이 될 제시부터 해야지. 안 그래?"

카일은 극한의 상황에서도 우선 살기 위해 적인 자신에게 기꺼이 손을 내민 데르콘 성의 멜린을 떠올렸다. 지금 생각해 보니 어린 나이에도 무거운 짐을 짊어졌던 그녀 쪽이 켈트러스보다 훨씬 더 어른스러웠다.

"하지만 그것과 상관없이 너희가 인질로 붙잡은 저 아가씨를 그냥 보고 지나칠 수 없거든. 내 말 잘 들어. 그 아가씨에게 뭔 일 일어나면 각오해. 내 검에 마족이 아닌 인간의 피를 묻히고 싶다면 날 막아보든가!"

카일이 노골적으로 살기를 드러내자 레오나 주변에 몰려들었던 기사들이 일제히 켈트러스를 노려보며 무언의 비난을 가하기 시작했다.

분위기가 묘하게 흘러가자 디케이드는 카일과 켈트러스 사이에서 몸을 왼쪽으로 돌리더니 곁눈질로 양쪽을 동시에 살폈다. 삼파전의 양상이 되어버린 지금 뭔가 붕 떠버린 입장은 다름 아닌 디케이드였다.

"난 가만히 있어도 인간들끼리 알아서 피 보는 걸 구경하게 되겠군. 의도치 않게 빚을 지긴 싫은데……."

"그러면 지금 갚든가."

이번에는 다크블로우의 검끝이 정확하게 디케이드의 목을 노렸다. 아무리 이전에 같이 싸우던 입장이라 해도 인간이 아닌 마족으로 나타난 이상 적의를 보일 수밖에 없었다.

"제럴드였던가? 너와 같이 다닌 인간 중에 마법사."

"제럴드는 왜? 만났어?"

"그래. 만났지. 그리고 그 마법사는 더 이상 앞을 볼 수 없을 거다."

"무슨 소리지? 네가 그랬냐?"

"아직 모르는가 보군."

디케이드는 대답 대신 입술 왼쪽 끝을 살짝 올리면서 카일 쪽으로 고개를 돌렸다.

"그렇다면 죽여주지. 이 자리에서 당장."

"카일!"

"카트리나, 말리지 마. 그리고 다른 사람들도 마찬가지야. 날 가로막는다면 디케이드보다 먼저 베어버리겠어."

카일은 다크블로우를 검집에 집어넣고 대신 대검을 꺼내 오른손에 쥐었다. 정면으론 엄청난 살기를 뿜어내면서, 왼손을 등 뒤로 숨기더니 손가락을 움직여서 디케이드와 모르드 왕국 기사들 몰래 신호를 보냈다.

"하아앗!"

콰앙!

흑염의 기운이 폭발하며 디케이드를 뒤덮었다.

갑작스러운 폭발음에 모르드 왕국의 기사들은 양손으로 귀를 틀어막더니 마차 아래로 하나둘씩 굴러떨어졌다.

카일은 선제공격 이후 잽싸게 뒤로 물러서며 거리를 벌렸다. 그리고 카일의 예상대로 디케이드가 빠르게 접근하면서 거리를 좁혔다.

카앙! 캉!

카일의 대검과 디케이드의 러스티 블레이드가 한 치의 양보도 없이 격돌했다. 흑염의 기운과 부의 기운이 서로 뒤엉키더니 소각과 부식이 동시에 이뤄졌다.

카앙!

두 남자가 동시에 크게 휘두른 검이 부딪쳤지만 동시에 그 반동으로 서로 튕겨 나갔다. 카일과 디케이드는 미리 약속이라도 한 듯 미련 없이 뒤로 물러서며 거리를 벌렸다. 상대에게 밀리지 않기 위해 두 발로 버틴 자국이 둘이 서 있던 자리에 선명하게 남았다.

"쳇, 역시 이전과는 달라."

몇 번 검을 주고받았을 뿐임에도 카일의 입에서 퉁명스러운 불평이 튀어나왔다. 과거 케트란이었을 때와 비교 자체가 무의미할 정도로 지금의 디케이드는 강했다.

"확실히 페이서보단… 강하군."

이전에는 서로 싸울 일이 없었기에 카일의 힘을 그저 막연하게 강하다고 평가했었다. 하지만 직접 검을 맞대고 보니 디케이드는 왜 마족들이 흑염의 힘을 두려워했는지 실감했다.

'아무래도 내가 먼저 움직여야겠지?'

아까 보여줬던 분노와는 정반대로 카일의 머리는 빠르게 돌아가고 있었다. 카일은 왼쪽으로 걸음을 옮기면서 동시에 일부러 레오나가 있는 마차로부터 멀어지도록 뒷걸음질을 쳤다. 디케이드는 카일이 움직이는 방향을 따라 그와의 거리가 더 이상 벌어지지 않도록 간격을 조정했다.

"간다!"

제자리에서 높이 뛰어오른 카일은 디케이드의 머리를 노리고 강하게 내려찍었다.

콰쾅! 쾅!

폭발음과 동시에 시커먼 연기가 연달아 피어오르며 일대를 뒤덮었다. 시야가 극도로 제한된 상황임에도 연기 안에선 두 남자가 검을 서로 주고받는 소리가 끊이지 않았고, 그 와중에도 카일은 마차와의 거리를 계속 벌렸다. 결국 자연스럽게 디케이드의 움직임을 카일이 제어하는 형국으로 변했다.

"레이크! 지금이야!"

레오나를 인질로 삼고 있는 모르드 왕국 기사들의 시선이 두 남자의 대결에 쏠린 사이, 디케이드가 전개한 부의 기운에 닿지 않도록 멀리 돌아간 세 남자가 카일의 외침을 듣자마자 마차 안으로 돌격했다.

퍽!

"으억!"

레이크는 검집에 들어 있는 검끝 부분으로 켈트러스의 복부를 가격했다. 켈트러스가 뒤로 확 밀려난 순간, 제이콥스와 포르칸이 레오나를 부축해 마차에서 끌고 내려왔다.

"카일 님! 구출했습니다!"

"좋았어!"

사방이 온통 연기로 둘러싸인 상황에서 레이크의 외침을 들은 카일은 미소를 지었다. 그리고 대검을 양손으로 움켜쥐더니 그대로 지면을 향해 꽂아 넣으며 흑염의 기운을 폭발시켰다.

콰콰쾅!

4

짙은 연기가 마차를 포함한 일대를 뒤덮었다.

"으, 으윽……."

강력한 폭발에 밀려나 마차 밖으로 굴러떨어진 켈트러스는 지끈거리는 머리를 어루만지며 천천히 몸을 일으켰다. 다른 모르드 왕국의 기사들의 입에서 신음 소리가 흘러나왔고, 시야가 차단된 상황에서 그는 땅바닥을 더듬어 검을 움켜쥐었다.

"이, 인질은? 인질은 어디 갔지?"

켈트러스는 뒤늦게 레오나를 찾았지만 뿌옇게 피어오른 연기가 가라앉을 때까지 움직일 수 없었다. 지금이라도 디케이드의 검이, 혹은 카일의 대검이 자신의 등을 노릴지 모른다는 두려움에 그저 벌벌 떨 뿐이었다.

반면 그 연기 속을 헤치며 세 남자는 무사히 레오나를 데리고 카일의 뒤로 이동했다.

"자, 더 할까?"

카일은 멀리 떨어져 있는 디케이드를 향해 검끝을 내밀었다. 하지만 디케이드는 더 이상 다가오지 않고 제자리를 지켰다.

"이 아가씨는 더 이상 인질이 아니니 신경 쓰지 말라고. 난 저기 널브러져 있는 모르드 왕국 놈들과는 다르니까."

카일은 다른 일행에게 더 멀리 떨어지라고 등 뒤로 숨긴 왼손으로 신호를 보냈다. 카트리나는 기력이 빠진 레오나 옆에 붙어서 그녀를 진정시키는 중이었고, 그런 그녀들을 세 명의 남자가 둘러싸 보호했다. 특히 제이콥스는 비장한 표정으로 레오나의 정면을 지키는 중이었다.

"저 여자는 디케이드의 딸이야! 절대 넘겨줘서는 안 돼!"

켈트러스가 목청을 높이자 카일은 피식 웃으면서 주먹 쥔 손의 엄지손가락으로 등 뒤에 있는 레오나를 가리켰다.

"어이, 이 아가씨 네 딸 맞냐?"

카일의 물음에 디케이드는 고개를 가로저었다.

"아니라는데?"

"믿으면 안 돼! 당연히 거짓말이잖아!"

"그러면 딸이라는 증거를 내놔봐. 내가 알고 있기론 레오나 경은 테르디어스 왕국 소속 기사거든? 크로이저 요새에서 아버지도 직접 봤고. 시간은 충분히 줄 테니까 차근차근 설명해 봐. 그럴 자신 없으면 당장 물러서든가."

"그, 그게……."

상부의 지시에 따랐을 뿐인 그가 레오나의 정체에 대해 제대로 알고 있을 리 만무했다. 디케이드의 딸이라는 사실만 들었을 뿐 그 사실의 근거를 전혀 모르는 켈트러스는 당황했지만 이대로 포기할 수는 없었다.

"아무튼 절대 저 여자를 디케이드에게 넘겨주면 안 돼! 모두 죽을 수 있다고!"

"죽는다고? 누가? 설마 내가? 그건 아니지. 그런데 너 계속 그렇게 여유 부릴 때가 아닐 텐데."

"저 여자만 붙잡고 있으면 디케이드는 절대로 공격하지 않을……."

"너, 왜 그렇게 눈치가 없어?"

카일은 모르드 왕국 기사들이 어떻게 되든 상관없다는 어투로 말했지만, 그래도 인간이라는 점 하나 때문에 자신과 디케이드가 대립하는 동안 그들이 알아서 도망가도록 시간을 끌 작정이었다.

그러나 디케이드는 더 이상 기다려 주지 않았다. 러스티 블레이드를 손에 쥔 채 천천히 자신을 향해 다가오는 디케이드를 본 켈트러스는 그제야 누가 죽을 위기인지 깨달았다.

"다, 다가오지 마……. 나, 나는 그저 시키는 대로……."

두 다리에 힘이 쭉 빠진 켈트러스는 비틀거리며 뒷걸음질 쳤다. 그러다가 돌부리에 걸려 넘어진 뒤엔 아예 땅바닥을 기어 도망쳤다.

우드득!

"으아악!"

디케이드가 왼손으로 켈트러스의 머리를 움켜쥐고 그대로 들어 올리자 비명 소리가 울려 퍼졌다. 켈트러스의 머리카락

사이로 흘러나온 피가 목을 타고 내려와 갑옷 위를 축축하게 적셨다.

하지만 디케이드의 목표는 켈트러스 한 명만이 아니었다. 켈트러스를 놔두고 부리나케 도망치던 모르드 왕국 기사들을 향해 부의 기운이 지면을 타고 빠르게 전개되었다.

치이익…….

연기와 함께 살점이 썩어 들어가는 냄새가 사방으로 퍼져 나갔다. 발끝부터 서서히 몸이 썩어서 녹아내리는 고통 속에서 기사들은 비명을 지르며 죽어나갔고, 디케이드에게 붙잡힌 켈트러스 역시 예외는 아니었다.

후두둑.

살점이 모두 녹아내린 켈트러스의 뼈가 아래로 떨어졌고, 마지막엔 해골이 그 위에 얹어졌다. 디케이드는 거리낌 없이 발로 짓이겨 해골을 박살 냈다.

카일은 끝까지 어리석었던 켈트러스의 말로에 씁쓸하게 웃기만 했다.

5

모르드 왕국 기사가 모두 죽자 기묘한 형태의 삼파전이 이제야 제대로 된 둘 사이의 대립 구조로 바뀌었다.

"이제 어떻게 할까나… 그냥 서로 모르는 척 지나가기엔 무리일 거 같고."

카일은 고개를 옆으로 돌리더니 제이콥스를 흘낏 쳐다봤다. 가급적 제이콥스가 없는 자리에서 싸우고 싶었지만 지금은 그런 걸 따질 때가 아니었다.

"지금 널 해치우면 모르드 왕국이 가장 좋아할 것 같지만, 역시 승부 볼 수 있을 때 결판내는 게 좋겠지?"

카일과 그의 동료들이 입장상 하지 못하는, 모르드 왕국에 대한 응징에 가장 앞장서고 있는 이는 바로 디케이드였다. 그렇다고 서로 손을 잡을 수 있는 입장은 결코 아니었다. 아까는 레오나의 구출을 우선시했기에 마족에 대한 증오를 잠시 억눌렀지만, 지금은 굳이 그럴 필요가 없는 상황이 되었다.

"블랙아웃 모드로 들어가서 날 상대할 작정인가?"

"아무래도 그냥은 힘들어 보이거든."

"블랙아웃 모드로 들어가면 그 이후 한동안 흑염의 힘을 제대로 쓸 수 없다고 알고 있는데… 지금 흑염의 힘을 써버리고 정작 어둠의 후예와 인간 사이에 일어날 혈전을 구경만 할 작정은 아니겠지?"

"무슨 소리야?"

처음 듣는 이야기에 카일은 눈썹 사이를 살짝 찡그렸다.

"조만간 나를 제외한 5공작 모두가 한곳으로 집결할 예정이다. 현재의 빛의 용사라는 모르드 왕국의 공주를 처단하기 위해서다."

"널 빼고? 뭔가 이치에 안 맞는군. 그 누구보다 디케이드, 너야말로 모르드 왕국의 상징 그 자체인 크레아 공주를 죽이기 위해 가야 하잖아. 5공작 모두가 참전하는 장소에 너만 안 나타나는 것도 모양새가 이상할 테고."

뭣보다 그렇게 중요한 정보를 스스럼없이 털어놓는 디케이드의 의도를 파악하기 힘들었다.

"페이서에게도 말한 적이 있었지만, 나의 목적은 모든 인간의 죽음이다. 하지만 최우선되는 건 날 이렇게 만든 모르드 왕국의 멸망이지. 그깟 공주 따위 죽이는 일이야 나중에 해도 된다."

"자신만만하군."

"무엇보다 난 어둠의 후예를 위해 싸우는 게 아니다. 나 자신만을 위해서이지. 착각하지 마라, 카일."

"마족들도 참 골칫거리 공작을 두었군. 왠지 동정심이 가는데……."

"내 말을 믿든 안 믿든 네 자유다."

말을 마친 디케이드는 레오나가 묶여 있었던 마차를 한 번 쳐다보더니 남쪽을 향해 몸을 돌렸다.

"기다려 봐. 네가 말한 그 격전이 언제, 그리고 어디서 벌어진다는 거야?"

카일의 질문에 디케이드는 왼팔을 들어 동쪽을 가리켰다.

"모르드 왕국의 아르키어스 평원이다. 너희라면 절대 잊을 수 없는 곳이겠지. 날짜는 9월 15일쯤일 거다."

"잠깐, 거긴……."

아르키어스 평원.

카일은 물론 이전 전쟁에 참여했던 이들이라면 잊을 수 없는 장소이다. 데르콘 성에서 페이서가 오우거 공작 칼틴을 쓰러뜨렸다면, 당시 뱀파이어 공작이었던 코델리아가 페이서에게 패했던 곳이 바로 아르키어스 평원이었다. 데르콘 성과 아르키어스 평원에서의 연달아 이어진 인간 측의 승전보는 대륙의 세력 판도를 완전히 뒤바꿨다.

문제는 서신을 통해 페이서와 만나기로 한 장소가 아르키어스 평원으로부터 그리 멀지 않았다. 잘못하면 공작급 마족이 다수 참여한 혈투에 페이서 일행까지 휘말릴 가능성이 높았다.

"카일, 지금 나와 승부를 낼 작정이라면 피하진 않겠다. 하지만 블랙아웃 모드로 들어가지 않고 날 이길 수 있다고 생각하지 마라."

"……."

"지금이라도 서두른다면 15일 이전까지 아슬아슬하게 도착할 수 있겠지. 어차피 그곳에서 벌어질 일은 나와 상관없다. 다른 공작들이 바보가 아닌 이상 지진 않을 거라 생각하니."

디케이드는 더 이상 볼일이 없다는 듯 러스티 블레이드의 검끝을 아래로 내렸다. 카일은 찡그린 얼굴로 유유히 떠나가는 디케이드의 뒷모습을 응시했다.

"잠깐! 기다려!"

이번에는 레오나의 외침이 디케이드를 붙들었다.

"레오나 경, 물러서십시오."

"저 마족에게 물어볼 것이 있습니다."

레오나는 카트리나와 제이콥스의 만류를 뿌리치고 앞으로 걸어 나갔다. 카일 역시 그녀를 제지하려고 왼팔을 뻗어 앞을 가로막았지만 뭔가 단호한 결정을 내린 듯한 표정을 보고 팔을 내렸다.

"왜 모르드 왕국의 기사들이 날… 너의 딸이라고 주장한 거지?"

"그 썩어빠진 나라는 항상 그랬다. 어설픈 계책, 빛의 용사에만 기대하는 구태의연한 발상 등등. 하나도 바뀐 게 없어."

"내가 네 딸과 그렇게 닮았나?"

"내 기억 속의 딸은 다섯 살밖에 안 되었지. 애초에 판단 자체가 불가능해."

용기를 내어 물어본 레오나와 달리 디케이드는 조금의 망설임도 없이 즉각 대답했다.

"그렇다면 반대로 내가 물어보겠다. 보다시피 이렇게 인간들을 마구 죽인 마족인 나를, 넌 아버지라고 여기고 싶나?"

"……."

"내 가족은 모두 인간들이 죽였다. 그리고 나까지도."

디케이드가 담담한 어조로 인간이었을 때 겪은 비극을 말하자 레오나는 더 이상 그에게 말을 걸 수 없었다.

디케이드는 부의 기운이 훑고 지나간 대지 위를 천천히 걸어갔다. 그가 지나간 자리엔 밟혀서 으스러진 뼈와 해골 파편이 길게 이어졌다.

카일과 디케이드, 그리고 모르드 왕국군과의 전투는 결국 명쾌하게 해결된 것 하나 없이 각자에게 의문만 남겼다.

"경황이 없어서 고맙다는 말씀을 미처 못 드렸군요. 절 구해주셔서 정말로 감사합니다."

"레오나 경과 모르는 사이도 아니니 그냥 지나칠 수는 없었죠. 그것보다 어떻게 된 일인지 설명해 주실 수 있습니까? 왜 레오나 경이 죄인처럼 후송되어야 했는지부터 이해가 안 갑니다."

카일의 질문에 레오나는 길게 숨을 내쉰 뒤 이야기를 시작했다.

테르디어스 왕국 사절단의 경호 자격으로 모르드 왕국에 파견된 레오나는 예정대로라면 사신과 함께 테르디어스 왕국으로 복귀할 예정이었다. 그러나 알 수 없는 이유로 그녀는 몇 개월간 모르드 왕국에 억류되었다. 테르디어스 왕국과 모르드 왕국 사이에 뭔가 문제가 생겼다는 말만 들었을 뿐, 그녀는 저택에 억류되어 한 발도 밖으로 나갈 수 없었다.

감옥에 갇힌 것도 아니고, 그렇다고 심문을 받은 것도 아니라 레오나는 도대체 자신을 둘러싸고 무슨 일이 일어났는지 알 길이 없었다.

"그런데 보름 전, 디케이드와 관련되었다는 죄목으로 절 갑자기 다른 곳으로 이송시키더군요. 당연히 전 말도 안 되는 소리라고 무고함을 주장했지만 아무런 소용도 없었습니다."

"그리고 딸이라는 말은 아까 처음 들었겠군요?"

"네."

"그렇다면 지금 와서 테르디어스 왕국으로 돌아가 봤자 좋은 꼴은 못 볼 겁니다."

레오나 역시 카일과 같은 예상을 한 듯 굳은 얼굴로 고개를 끄덕거렸다.

"레오나 경, 다른 이야기이지만 아까 디케이드가 했던 말 중 아르키어스 평원에서 뭔가 일어날 일에 대해 혹시 알고 있나요?"

"어느 정도는… 맞을 겁니다. 절 끌고 가던 기사들이 아르키어스 평원으로 빛의 용사 크레아와 그녀 휘하의 빛의 군대가 집결 예정이라고 말했던 기억이 납니다."

"아, 이거 골치 아파지네."

지금 와서 페이서와의 약속을 변경할 수도 없는 노릇인지라 어떤 결정을 내려야 할지 카일의 고심은 깊어졌다.

"그런데 정말 제가 그 마족의 딸일까요? 절대 아니라고 믿고 싶지만 머릿속이 너무나 혼란스럽습니다. 아무리 모르드 왕국이라 해도 그 남자와 아무런 연고도 없는 저를……."

방금 전까지 애써 유지했던 침착함 대신 불안과 두려움이 레오나를 사로잡았다. 마차 주변에 수북하게 쌓인 뼈와 해골들을 보자 고뇌는 더욱 커져만 갔다.

그러자 카트리나가 레오나의 등 뒤로 다가가 어깨에 양손을 살며시 얹었다.

"레오나 경, 저는 당신에 대해 잘 알지 못합니다. 하지만 한 가지 확실한 건, 그 마족 공작은 당신을 죽이려는 의도가 없었다는 점이랍니다."

"네?"

카트리나는 대답 대신 레오나가 갇혀 있던 마차를 가리켰다.

"아……."

레오나는 뒤늦게 카트리나의 말을 이해했다.

모든 생명체를 썩어 문드러지게 한 녹색을 띤 부의 기운이 마차만은 휩쓸지 않았다. 레오나를 끝까지 자신의 딸이 아니라며 부정한 것치곤, 그리고 인간을 죽이는 데 조금의 거리낌도 없었던 것에 비해 무른 행동임은 분명했다.

하지만 디케이드의 '있을 수 없는' 배려가 레오나에게 또 다른 고뇌를 불러일으켰다.

"뭐가 뭔지 모르겠습니다. 제 아버님은 분명히……."

"텔릭이라고 했지? 그는 잘 지내고 있나?"

제이콥스가 텔릭을 언급하자 레오나는 숙였던 고개를 들어 올렸다.

"아버님을 아십니까?"

"잘 아는 정도뿐만이 아니네. 케트란 장군님 휘하에서 같이 참전했었지. 그것보다 정말로… 사모님을 많이 닮았군."

"네? 제 어머니를 아십니까?"

"몇 번 뵌 적이 있었지. 아… 여기서 할 말은 아닌 것 같군."

제이콥스는 하고 싶은 말을 억지로 참으며 마음속에 꾹꾹 가둬놨다.

"레오나 경이라고 부르면 되겠지? 우선 지금은 아무 생각 말고 쉬는 게 좋겠어."

말을 마친 제이콥스는 등을 돌리더니 일부러 시야에 레오나를 배제했다. 그녀를 보면 볼수록 지금 이 자리에서 언급해서는 안 되는 과거의 인물이 계속해서 떠올랐기 때문이다.

한편 카일은 레오나를 둘러싼 다른 이들과 홀로 떨어져서 고심에 빠져 있었다.

"흐음, 그나저나 어쩐다……."

여기서 아르키어스 평원까지 9월 15일 이내에 도착하기엔 6,000명에 달하는 병력을 데리곤 무리다.

그렇다면 결론은 하나뿐이다. 단, 이걸 어떻게 말해야 할지 카일은 고민했다.

"역시 당신 혼자라도 가야겠죠?"

"응?"

카일의 등 뒤에 나타난 카트리나는 끌고 온 말의 고삐를 카일의 손에 쥐어주었다.

"먼저 가세요. 가능한 한 빨리 뒤따라갈 테니 무리하지 말아요."

"정말 괜찮겠어?"

"저희보단 페이서 님 쪽부터 걱정하세요."

"미안, 레오나 경의 일을 포함해 뒤는 너에게 맡길게."

카일은 말 위에 올라탄 뒤 말고삐를 강하게 내려쳤다.

히히힝~

카트리나는 동쪽을 향해 빠른 속도로 질주하는 카일의 말을 조용히 응시했다.

"당신에게 신의 가호가 함께하길……."

그녀는 성호를 그은 후 두 손을 모아 기도했다.

카일을 태운 말이 지나간 자리 위에 먼지가 길게 피어올랐다 사라졌다. 카트리나의 시야 속에서 점점 작아지던 카일의 모습이 동쪽 지평선 너머로 완전히 사라지자, 반대편 지평선 안쪽으로 실버윙즈의 부대원들이 뒤늦게 나타났다.

*　　　*　　　*

남쪽으로 내려가던 디케이드는 돌연 걸음을 멈추고 뒤를 돌아보았다.

동쪽을 향해 한 기의 말이 빠른 속도로 달려가고 있었고, 서쪽에선 늑대와 은색 날개가 그려진 깃발들이 바람에 펄럭였다.

그사이에 있는 다섯 명의 남녀 중 제이콥스와 레오나의 아버지 텔릭과의 추억을 회상하며 디케이드는 두 눈을 지그시 감았다.

'제이콥스, 텔릭…….'

유능한 기사였던 두 부하가 언젠가는 자신의 뒤를 이어 모르드 왕국을 떠받치는 기둥이 될 거라 믿어 의심치 않았다. 그리고 그 정점에 설 자로 빛의 용사 페이서를 점찍었다.

하지만 세상은 그가 바라는 대로 흘러가지 않았다. 과거 그가 인간이었을 때 예측했던 모든 것이 빗나가 있었다.

"안 돼. 이러면 곤란하지."

디케이드는 인간이었을 때의 추억에 얽매일 수 없었기에 고개를 저으며 떨쳐 냈다. 그리고 짧게 자른 머리를 제외하곤 부인의 젊었을 때 모습을 쏙 빼닮은 레오나의 얼굴을 애써 잊으려 했다.

그의 가슴에 머무를 자격이 있는 감정은 인간에 대한, 그리고 모르드 왕국에 대한 끝없는 분노뿐이기에.

Chapter 36
필사의 각오

1

엘레힘 신성력 1327년 9월 13일.

모르드 왕국의 수도 케이브란스 성 위로 짙은 먹구름이 드
리워졌다. 낮임에도 성 전체를 뒤덮은 음산한 분위기에 성안
의 주민 대부분은 밖에 나올 생각조차 못하고 집에 틀어박혔
고, 일부는 엘레힘 교단의 성당으로 발길을 돌렸다. 그들은
신의 이름과 함께 과거 그랬던 것처럼 빛의 용사가 위기에 처
한 모르드 왕국을 구해주길 기도했다.

순찰을 돌고 있는 경비병을 제외하면 성안에는 돌아다니

는 이 없이 고요가 감돌았다. 그렇게 텅 빈 거리를 왕성 높은 곳에서 내려다보는 시선이 있었다.

"그래, 결국 그렇게 됐다 이 말이로군."

모르드 왕국의 왕 엘리제 3세는 언짢아하는 표정으로 트레스발드 재상의 보고를 받았다. 집무실의 창문을 통해 보이는 케이브란스 성의 가라앉은 분위기 역시 그녀를 거슬리게 했다.

"폐하, 어떻게 하시겠습니까? 지금이라도 전면전을 피하면서 추가 병력이 더 오기를 기다리는 쪽도 나쁘지 않다고 봅니다만."

"됐다. 지금 와서 뭘 더 어떻게 하기엔 무리다. 그 장소에 디케이드가 합류하지 못하도록 시간을 끈 것으로 만족하겠다."

디케이드에게 일부러 딸이 살아 있다는 정보를 알려준 뒤, 레오나를 아르키어스 평원에서 가장 멀리 떨어진 성으로 끌고 가는 작전은 결국 절반의 성과만 이뤘다.

어차피 디케이드의 성향상 인질을 잡더라도 오래 먹히긴 힘들다고 엘리제 3세는 판단했고, 그렇다면 가장 중요한 순간에 써먹는 게 낫다며 스스로를 위안했다.

"페이서 쪽의 움직임은 어떠한가?"

"15일쯤에 도착할 것 같습니다."

"그나마 다행이로군. 이렇게 된 이상 이번 전투는 반드시 이겨야 한다. 어떤 식으로든 말이지."

빛의 용사 크레아와 그녀가 이끄는 빛의 군대는 메르키어스 성에서의 실패 이후 기세가 한풀 꺾였다. 반면 카일이 이끄는 실버윙즈는 반년이 넘게 대륙을 돌아다니며 맹활약을 했다.

처음에는 모르드 왕국을 거스를 수 없다며 실버윙즈를 외면하던 국가들이 시간이 지날수록 하나둘씩 태도를 바꾸었다. 모르드 왕국 몰래 실버윙즈를 지원하거나, 조건을 달고 훗날 같이 손을 잡기로 협약을 맺기도 했다.

이전과 같은 영향력을 발휘하기 힘들어진 모르드 왕국 측에 엎친 데 덮친 격으로 마족의 총공세 소식이 입수되었다. 이전 전쟁에서 패배의 시발점이 된 아르키어스 평원에서의 전투를 승리로 재현하려는 마족의 한 수였다.

디케이드를 제외하더라도 최소 네 명의 공작을 한꺼번에 상대해야 하는 긴박한 상황, 그리고 동맹국들의 지지를 계속 유지하기 위해서는 더 이상의 패배는 용납할 수 없는 입장에 엘리제 3세는 고심했다.

그래서 내린 결론은 아군은 아니지만 서로 검을 들이밀고 싸우는 입장도 아닌 카일과 페이서를 이용하자는 방침이었다.

엘리제 3세는 카일과 페이서가 각자 떨어져 서신으로만 연락을 주고받고 있다는 점을 파악해 거금을 주고 연락책을 포섭했다. 그리고 카일과 페이서 양측 모두에게 가짜 편지를 보내 아르키어스 평원에서 그리 멀지 않은 성 근처에서 만나도록 유도했다.

"제럴드라면 아무리 정교하게 흉내 낸 필체라 하여도 알아챘겠지. 하지만 지금 그는 이게 없지 않은가?"

엘리제 3세는 살짝 미소를 지으며 오른손으로 자신의 눈동자를 가리켰다.

편지 내용은 쓸데없이 의심 사지 않도록 정해진 장소에서 만나자는 이야기로만 구성했다. 아르키어스 평원에서 전쟁이 벌어질 것 같다는 내용 같은 건 의도적으로 배제했다.

"그런데 그자들이 아르키어스 평원에서의 전투에 참여할지 의심스럽습니다. 돈과 권력마저도 그깟 자존심 하나 지키려고 거부한 자들이 과연……."

"그러기에 아르키어스 평원에서 벌어질 혈전을 손 놓고 구경만 하지 않을 거다. 그 남자의 도움을 받는다 해도 상관없다. 그 아이가 마족 공작을 상대로 승리를 거둔다면 그걸로 충분하다."

보통의 전투라면 실버윙즈가 이제까지 그래왔던 것처럼 모르드 왕국을 배제하거나 외면할 수 있겠지만, 인간과 마족의 실력자들이 한데 모여 격돌하는 전장이라면 이야기는 달라진다.

각 진영의 최고의 실력자들이 모인 자리에서의 전투는 수많은 병사의 희생을 피하기 힘들다. 그런 상황에서 멍하니 구경만 하고 있을 수는 없다. 모르드 왕국군과 마족 군단이 동시에 실버윙즈의 시야에 들어온다면 검을 내밀어야 하는 상대는 뻔하니까.

그게 바로 엘리제 3세가 원하는 것이다.

"그리고 절대 무시할 수 없는 요소가 하나 있지. 남자는 미련이 많은 족속이야. 예전 내 모습을 빼닮은 그 아이가 눈앞에서 죽는 모습을 그 남자가 보고 싶어 할까?"

진짜 크레아 공주의 성격이 현재의 엘리제 3세와 판박이라는 것과 대조적으로 가짜 크레아 공주, 즉 빛의 용사 크레아는 과거 공주였던 시절의 엘리제 3세를 쏙 빼닮았다. 빛의 용사로서 활약하기 위해 의도적으로 가짜 크레아의 성격을 '그렇게' 만들었지만 이렇게도 이용할 수 있을지는 그녀도 미처 예상 못했다.

"어차피 그 전투에서 패배하면 나도 페이서도 끝이다. 우리가 준비할 건 승리 후 어떻게 페이서를 꼬드길지 고민하는 것뿐이지. 안 그런가?"

엘레힘 신성력 1327년 9월 14일.

모르드 왕국을 주축으로 결성된 인간 측의 연합부대는 아르키어스 평원의 동쪽에 진지를 건설했다. 도합 5만이 넘는 대규모 병력이 모였고, 본진 안은 바쁘게 돌아가고 있었다.

"이쪽! 이쪽으로 오라고!"

"붕대와 약초가 부족합니다! 빨리 가져다주십시오!"

"어이, 거기! 줄 똑바로 서! 자꾸 새치기하면 배급만 늦어진다고!"

피비린내와 약초 특유의 향기, 부상자들의 입에서 흘러나오는 신음 소리, 거대한 철 냄비 안에서 끓고 있는 스프의 냄새가 서로 뒤섞여 혼돈을 이뤘다.

전투 자체는 이미 이틀 전부터 시작되었고, 연합부대는 아직 두 명의 공작만이 합류한 상태인 마족과 2차례에 걸친 격전을 치른 결과 부상자와 전사자 수가 거의 만 단위에 육박했다.

본진 안에는 수백여 개의 막사가 빽빽하게 들어차 있었고, 그 사이를 병사들이 바삐 움직였다. 어쩌면 아르키어스 평원에서의 마지막 전투가 될지도 모를 다음 날의 결전을 대비하느라 잔뜩 긴장한 표정이었다.

그 결전의 키워드는 빛의 용사 크레아와 그녀가 이끄는 정예부대 빛의 군대였다.

크레아는 자신의 전용 막사 너머에서 느껴지는 분주한 분위기에 한숨을 길게 내쉬었다.

"이제 하루 남았군요."

크레아는 몬스터와 마족의 피가 흥건하게 묻어 있는 갑옷을 입은 채로 의자에 앉아 있었다. 이틀 연속 밤을 노린 마족 군단의 맹습에 눈동자 주위에 새빨간 핏줄이 섰고, 눈 아래엔 다크 서클이 짙게 자리 잡았다.

"크레아, 괜찮아?"

마법사 쉘튼은 걱정스러운 얼굴로 크레아의 어깨에 손을 살며시 얹었지만, 지금은 그 배려마저도 크레아에겐 부담스럽게 느껴질 정도였다.

"아까 그 전투에서 전 어떻게 해서든 그들과 승부를 냈어야 했습니다. 저에게 좀 더 힘이 있었다면……."

드래고뉴트 공작 헤리온과 마족 군단의 총지휘관인 데몬 공작 에르카이저가 합류하기 전에 두 명의 젊은 공작 안젤리카와 로베르토를 쓰러뜨리기 위해 크레아는 맹공을 퍼부었다.

하지만 결정타를 먹이지 못하고, 되레 성당기사단장 마르코와의 호흡이 맞지 않아 결국 병사들이 예상을 넘어선 피해를 받아야 했다.

"내가 더 잘했어야 했는데… 모두 나 때문이야……."

고통에 찬 부상병들의 신음 소리가 크레아의 귓가에서 계속 메아리치며 떠날 줄 몰랐다. 그녀는 두 손으로 얼굴을 감싸 쥐며 커져만 가는 중압감에 괴로워했다.

크레아의 마음을 읽은 쉘튼은 막사 입구에 서 있던 마르코를 넌지시 바라봤고, 그는 고개를 끄덕거렸다.

"크레아, 이게 필요하지?"

쉘튼이 내민 주머니를 보자마자 크레아는 주머니 안을 황급히 뒤지더니 뭔가를 꺼내 입안에 집어넣었다.

우걱우걱.

피가 뚝뚝 떨어지는 몬스터의 살점을 씹으면서 크레아는 행복한 표정을 지었다. 입 주위가 온통 피로 범벅이 된 모습에 쉘튼은 고개를 옆으로 돌렸고, 마르코는 같잖다는 듯 피식 웃었다.

'저렇게 망가져서야… 내일 최종전의 주역이 누가 될지 뻔해. 이번에야말로 그 망할 웨어울프와 켄타우로스의 숨통을 끊어서 누가 진정한 빛의 힘을 지녔는지 많은 이 앞에서 증명하겠어. 저 따위 실패한 실험작 따위엔 질 수 없잖아?'

책임감에 짓눌려 제 실력을 내지 못하는 크레아와 반비례로 마르코의 입지는 높아져만 갔다. 과거 페이서의 명성을 드높였던 아르키어스 평원에서 모든 인간에게 인정받는 빛의 용사가 다름 아닌 바로 자신이라는 걸 마르코는 증명하고 싶었다.

'페이서는 아직도 빛의 힘을 완전히 되찾지 못했고, 저년은 이제 있으나마나야.'

그는 얼굴은 물론이고 양손마저 피범벅이 된 채 몬스터의 살점을 마구 씹어 먹고 있는 크레아에게 비웃음이 가득 담긴 시선을 보냈다.

"맛있어……."

*   *   *

어둠이 걷히면서 해가 떠오르자 본진으로 복귀 중인 몬스터 군단의 행렬이 길게 이어졌다. 만월이 뜬 밤에 진정한 힘을 발휘하는 웨어울프 공작 로베르토의 특성상 두 차례에 걸친 마족의 공격은 밤에 이뤄졌다. 몬스터와 마족들은 은은한 빛을 발하는 만월 아래서 수많은 인간의 피를 아르키어스 평원에 흩뿌렸다. 물론 인간들의 반격 역시 만만치 않았던 터라 상당수의 전사자를 남겨두고 분을 삭여야 했다.

일찌감치 본진으로 돌아간 로베르토는 온몸에 칭칭 감긴

붕대를 내려다보며 인상을 찌푸렸다.

마음 같아서는 부하인 서큐버스 셀피아의 마법으로 어둠을 계속 유지해 싸우고 싶었다. 하지만 그의 역할은 어디까지나 헤리온이 도착할 때까지 최대한 병력을 온존하며 시간을 끄는 거였기에 과감한 선택은 무리였다.

물론 그렇게 참는 것도 오늘까지다.

"헤리온 공은 내일 합류할 예정이지?"

"네. 하지만 상황에 따라 다른 적들을 우선 상대할지도 모른다고 전하셨습니다."

셀피아의 보고를 받은 로베르토는 붕대 안쪽에서 느껴지는 고통을 참으며 시선을 천천히 위로 올렸다.

"그렇군. 헤리온 공을 걱정할 필요는 없겠고, 결국 문제는 나야."

마족이 20년간의 침묵을 깨고 새롭게 5공작을 결성했을 당시 로베르토는 에르카이저의 명에 따라 카일을 직접 상대했다.

결과는 말이 무승부일 뿐 사실상 로베르토의 패배였다. 그이후 케이오스 마을에서는 전혀 예상치 못한 강적을 만나 완벽히 패했다.

"이번만큼은 반드시 이겨야 해. 난 두 번이나 실패했고, 그럼에도 살아 있어. 너무나 수치스러워."

"로베르토 님."

"이기지도 못할 바엔 목숨 따윈 필요 없다. 세 번째 실패는 없어야 해."

로베르토는 두 주먹을 강하게 움켜쥐며 시선을 옆으로 돌렸다. 똑같은 실패를 반복하지 않기 위해 그가 준비한 비장의 수단이 탁자 위에 놓여 있었다.

3

엘레힘 신성력 1327년 9월 15일.

네 기의 말이 서로 평행인 직선을 그리며 대지를 가로질렀다.

북서쪽 방향에서 시작된 모래바람은 사라지지 않고 말 뒤로 계속 이어졌다. 말 위에 탄 네 명의 남녀가 향하는 곳은 바로 오늘 인간과 마족 간의 대격전이 벌어질 아르키어스 평원이었다.

"너무 늦지 않아야 할 텐데……."

말을 몰고 있는 제럴드의 입에서 차가운 입김과 함께 근심어린 목소리가 흘러나왔다.

카일 특유의 거친 필체로 적혀 있는 편지가 가짜라는 걸 알았음에도 제럴드를 포함한 페이서 일행은 아르키어스 평원을 향해 질주 중이었다.

리에트가 편지를 붙들고 한 '이상해'라는 말이 눈이 보이지 않는 제럴드의 직감을 일깨워 줬다. 제럴드는 편지를 전달하자마자 급히 되돌아갔던 전령을 따라가 붙잡고, 그 나름대로의 심문 끝에 모르드 왕국에서 보낸 거짓 편지라는 걸 알아냈다.

하지만 문제는 그 이후부터였다.

아르키어스 평원으로 카일과 페이서를 불러들이려는 모르드 왕국의 속셈이라는 걸 알아냈지만, 만약 카일 쪽에서 진실을 알지 못하고 거짓으로 약속된 장소로 향할 경우 페이서 쪽만 안 움직일 수는 없다. 결국 어느 한쪽만 걸려들어도 양쪽 모두 벗어날 수 없게 만드는 엘리제 3세의 숨은 계략이었다.

"……."

제럴드 옆에서 말을 탄 페이서는 다른 의미의 고민에 빠져 있었다.

디케이드와 달리 이번에 직접 싸우게 될 공작들은 순수한 마족이다. 모르드 왕국에 대한 증오와 분노에 따라 스스로의 행동반경을 모르드 왕국으로 국한시킨 디케이드와 달리, 순수하게 마족을 위해 싸울 공작들을 어떻게 상대해야 할지 막막했다. 아직 완전히 되찾지 못한 빛의 힘으론 이전처럼 동료들의 발목만 잡을 거라며 페이서는 자책했다.

"모두 멈추십시오!"

제럴드는 어둠으로 점철된 시야에 들어온 미약한 빛을 감지하고선 말고삐를 강하게 잡아당겼다. 선두에서 달리던 제럴드의 말이 급정거했고, 나머지 세 마리의 말도 순서대로 멈춰 섰다.

페이서 일행이 모두 말에서 내리자, 코넬리아가 타고 온 말을 제외하고 다른 말들은 모두 기진맥진해서 쓰러졌다.

눈이 보이지 않는 제럴드는 미약하게 빛나는 마나가 사실극도로 압축된 형태라는 걸 알아채고 긴장했고, 코넬리아는 과거 안면이 있는 상대가 적으로 나타났음에 표정을 굳혔다.

"코넬리아 공, 오래간만이로군."

"헤리온……."

과거 5공작의 자리를 스스로 포기했던 드래고뉴트 헤리온과 그 대신 공작에 올라섰던 코넬리아가 서로를 마주 보며 이름을 불렀다.

"오랜 세월을 살아온 나도 너와 이런 식으로 만나게 될 줄은 몰랐지. 그렇지 않은가?"

"……."

여유로운 태도의 헤리온과 긴장을 늦추지 못하는 코넬리아의 상반된 모습에 페이서는 손에 쥔 검자루에 힘을 가득 줬다. 반면 리에트는 헤리온의 힘을 감지하고선 부들부들 떨기 시작했다.

"안타깝게도 너희는 더 이상 갈 수 없다. 모르드 왕국과 그리 좋지 않은 사이라는 것 정도야 나도 알고 있지만, 인간들끼리 뭉치는 걸 보고만 있을 수야 없으니 말이지."

헤리온이 서 있는 자리를 중심으로 강렬한 빛이 솟아오르더니 거대한 육망성을 그렸다. 그와 동시에 헤리온의 몸 안에 억제되어 있던 마나가 흘러나오더니, 지면이 흔들리면서 그를 중심으로 바람이 휘몰아치기 시작했다.

"솔직히 말하면 너희보단 어둠의 실험체 쪽을 맡고 싶었지. 흑염의 기운이 얼마나 강한지 직접 겪어보고 싶었거든. 하지만 지금은 디케이트 공의 말처럼 기분 따라 행동할 때는 아니니……."

"어둠의 실험체?"

제럴드는 '비운의 검사' 라든가 '흑염의 카일' 같은 기존의 표현과 전혀 동떨어진 명칭에 표정을 살짝 일그러뜨렸다.

하지만 지금은 그게 중요한 게 아니었다. 점점 커져만 가는 헤리온의 마나에 제럴드는 어떻게 그를 상대해야 할지 머릿속으로 고민했다.

"인간치고는… 아니, 이젠 어둠의 후예도 한 명 껴 있지. 아무튼 너희가 강하다는 건 나도 알고 있다. 하지만 드래곤일 때의 나를 이기기엔 무리다."

낮게 깔린 헤리온 특유의 음성이 멀리서도 들릴 정도로 웅장하게 변했다. 보통 성인 남성의 키가 웬만한 성 하나를 훌쩍 넘을 정도로 커지더니, 전설 속에서나 등장하는 거대한 드래곤으로 변했다.

쿵!

드래곤이 된 헤리온의 왼쪽 앞발이 땅을 내려찍자 지면을 가르는 무수한 금이 사방으로 쫙쫙 퍼져 나갔다. 날카로운 이빨이 잔뜩 돋아난 입에서 터져 나온 굉음에 지축이 연달아 흔들렸다.

"페이서, 제가 상대하겠어요."

코델리아는 사복검 블러드레인을 뽑아 들고 헤리온을 향해 걸어갔다.

"코델리아 님 혼자서는 버거울 겁니다. 저도 함께 남겠습니다."

"단둘이서? 괜찮아?"

"리에트 양은 자신보다 강한 마족에겐 본능적으로 덤비기 힘들죠. 그리고 페이서 당신은 만약의 경우를 대비해 카일이 있는 장소로 가야 합니다."

"만약이라니… 그것보다 진짜 괜찮겠어?"

"전 절대 승산 없는 싸움에 끼어들진 않습니다. 서두르십시오."

제럴드의 냉정하면서 단호한 결정에 페이서는 고개를 끄덕거렸다. 페이서와 리에트는 유일하게 지치지 않은 코넬리아의 말에 같이 올라탔고 고삐를 내려칠 순간만을 기다렸다.

헤리온은 코넬리아와 함께 걸어오는 제럴드를 유심히 살펴보더니 의외라는 듯 눈을 깜박거렸다.

"호오, 인간치곤 상당한 마나를 지니고 있다고만 여겼는데 그게 아니었군. 혼자만의 마나는 아닌데?"

"여유가 철철 넘치는군요."

"그런 너희야말로 내가 저 두 명을 순순히 보낼 거라 생각하느냐?"

자존심이 상한 헤리온은 입을 크게 벌리더니 숨을 크게 들이마셨다. 비록 눈은 보이지 않지만, 어둠으로 뒤덮인 시야속에서 마나가 한곳으로 응집되는 걸 제럴드는 단번에 파악했다.

"페이서 님, 가십시오!"

"이랴!"

둘을 태운 말이 앞발을 높이 들어 올리더니 빠른 속도로 달리기 시작했다. 그와 동시에 제럴드가 풀어놓은 와이어가 지면을 타고 빠른 속도로 뻗어 나가더니 헤리온을 중심으로 거대한 반원을 그렸다.

화르륵!

헤리온의 입에서 뿜어 나온 파이어브레스(Fire breath)가 페이서와 리에트가 탄 말을 향해 뻗어나갔다. 하지만 와이어가 놓인 자리를 따라 솟아오른 얼음장벽이 브레스를 가로막았다.

얼음장벽은 뜨거운 열기를 이기지 못하고 녹아내렸지만 브레스가 말에 탄 두 사람을 덮치지 못하도록 막기엔 충분했다. 헤리온은 고개를 크게 휘두르며 말을 따라 쉬지 않고 브레스를 뿜어냈지만, 연달아 두꺼운 얼음 장벽이 지면에서 솟아오르며 불길을 막아냈다.

"크윽?"

순간 헤리온이 등을 움찔거리더니 브레스를 멈췄다. 박쥐 떼로 변해 헤리온의 시야에서 벗어난 코델리아가 그의 등에 내려앉더니 블러드레인으로 등을 마구 난도질했다. 두껍고 날카로운 비늘들이 블러드레인의 칼날에 뜯겨 핏방울과 함께 튕겨 올라갔다.

"감히!"

휘이잉!

헤리온의 기다란 꼬리가 공기를 가르며 크게 휘둘러졌다. 하지만 코델리아는 다시 박쥐 떼로 변해 유유히 빠져나갔다.

파바박!

이번에는 제럴드의 손바닥 위에서 발사된 와이어가 헤리온의 양쪽 앞발에 우수수 꽂혔다.

"프로스트(Frost)……."

제럴드가 마법을 완성하는 주문을 짤막하게 말하자, 와이어를 향해 전개한 제럴드의 마나가 순식간에 얼음으로 변해 헤리온의 앞발 양쪽을 지면에 고정시켰다.

"크워워!"

헤리온이 굉음을 내뱉으며 온몸을 비틀자 견고한 얼음에 금이 쫙쫙 그어지더니 박살 나버렸다. 헤리온은 몸을 옆으로 돌려 페이서와 리에트가 탄 말을 향해 다시 한 번 브레스를 뿜으려 했지만, 이번에는 핏빛 안개가 시야를 뒤덮으며 방해했다.

"진혈의 힘을 얕보지 마라……."

사방에서 들리는 코델리아의 목소리가 헤리온의 방향 감각을 교란시켰다. 결국 헤리온은 파이어브레스를 사방으로 뿜어내 핏빛 안개를 불태워 버릴 수밖에 없었다.

쿵! 쾅!

헤리온은 브레스를 뿜어내는 동시에 앞발을 번갈아가며 휘두르며 제럴드를 노렸다. 하지만 단거리 순간이동마법인 블링크(Blink)를 연달아 구사한 제럴드는 상처 하나 입지 않고 멀리 이동했다.

"당신은 너무 쓸데없이 덩치가 크군요."

육중한 몸집은 상대로 하여금 위압감을 선사하지만, 반대로 이야기하면 공격을 피하기보단 버텨야 한다는 단점을 지닌다.

반대로 제럴드 입장에선 헤리온의 공격을 피하기 훨씬 수월했다. 시력이 아닌 상대의 마나를 감지해 움직임을 파악하는 제럴드의 특성상 헤리온의 움직임을 굳이 볼 필요 없이, 드래곤으로 변한 거대한 육체에서 흘러나오는 마나의 흐름만 감지하면 충분했다.

"덕분에 맞추기가 너무나 쉽군요."

제럴드는 헤리온을 상대로 마법을 위력에 중점을 두고 구사하는 대신 명중 여부에 섬세하게 신경 쓸 필요가 사라졌다.

"헤리온, 당신은 이전 전쟁 때 절 상대해 본 적이 없었을 겁니다. 이렇게 된 이상 제가 왜 프로스트 엣지라 불리었는지 증명해 보이겠습니다."

회수한 와이어가 서리에 뒤덮여 제럴드의 머리 위에 둥둥 떠올랐다. 이전 카일과 재회한 이후 첫 전투에서 마나 부족에 허덕이던 그는 더 이상 존재하지 않았다.

스승의 죽음, 그리고 스승의 유품인 마나 코어로 인해 각성한 자신의 힘을 제럴드는 맘껏 발휘하기 시작했다.

"우와와와!"

우렁찬 함성 소리가 아르키어스 평원을 양분한 병력 사이에서 울려 퍼졌다.

"절대 물러서지 마라! 사악한 마족들 상대로 밀려서는 안된다!"

"예전의 패배를 기억해라! 이번에도 똑같이 질 수는 없다! 공격! 공격해라!"

양측의 지휘관들은 목소리를 드높이며 공격만을 명령했다. 서로 뒤엉킨 인간과 몬스터들의 시체에서 흘러내린 피가 평원을 붉게 물들였고, 전투는 20여 년 전에 있었던 것보다 더욱 격렬한 양상으로 전개되었다.

모르드 왕국을 중심으로 구성된 연합부대와 마족과 몬스터 군단의 병사들 간의 치열한 전투는 새벽부터 시작되어 어느새 반나절을 넘겼다.

하지만 평원 위의 하늘은 여전히 어둠으로 뒤덮여 있었다. 어둠 속에서 유일하게 빛을 발하고 있는 만월 아래에서의 전투는 로베르토를 위한 무대였다.

"우워워워!"

카앙! 캉!

웨어울프로 변신한 로베르토의 길게 자라난 손톱과 엘레힘 교단의 성당기사단장 마르코의 검이 서로 충돌하며 불꽃이 튀어 올랐다.

"하아앗!"

기세에서 밀리던 마르코의 검이 강렬하게 빛나며 이번에는 로베르토를 물러서게 했다. 신성한 빛에 타들어간 로베르토의 양손에서 연기가 피어올랐지만 이내 빠른 속도로 회복되어 원래대로 돌아갔다.

"정말로 끈질기군!"

마르코는 상대의 집요함에 진저리를 치며 검에 빛의 힘을 모으기 시작했다. 만월보다 더 밝게 빛나는 검을 본 로베르토는 양손을 대각선으로 교차해 정면을 막았다.

"받아라!"

빛에 감싸인 검이 마르코의 움직임을 따라 좌우로 크게 휘둘러졌다. 마르코의 검이 어둠 속에서 선명한 잔상을 남기며 로베르토를 계속해서 몰아붙였다. 근처에 있다 휘말리는 것만으로도 죽음에 이를 것 같은 치열한 공방전은 그 누구의 개입도 용납하지 않았다.

카앙! 캉! 카앙!

'조금만 더, 조금만 더 버티면……'

빛에 타들어가는 양팔의 고통을 억지로 참으며 로베르토

는 빈틈이 나타나기를 기다렸다. 그리고 반복된 공격 패턴을 파악한 로베르토의 날카로운 손톱이 마르코의 복부를 노리고 뻗어 나갔다.

"……!"

하지만 왼편에서 발사된 빗줄기에 로베르토는 반격을 포기하고 높이 뛰어오르더니 멀리 후퇴했다.

"마르코 경! 괜찮습니까?"

크레아의 난입에 로베르토의 표정에 긴장이 더해졌다.

그러나 정작 도우러 온 그녀를 대하는 마르코의 얼굴엔 노골적으로 반감이 드러났다.

"비켜! 넌 도움이 안 돼! 저 웨어울프 하나 제대로 상대하지 못했던 네가 끼어들 자리는 없어!"

일부로 빈틈을 보여 상대의 반격을 유도했던 마르코는 인상을 잔뜩 찌푸리며 그녀에게 물러나라고 손짓했다.

"마르코 경! 지금은 서로 힘을 합해야 할 때입니다!"

"비키라고 했지?"

카앙!

마르코는 검을 옆으로 휘둘러 크레아의 성검 글로리아를 멀리 튕겨냈다. 전혀 예상 못한 반응에 크레아는 땅바닥에 꽂힌 성검을 멍하니 쳐다봤다.

"저 웨어울프는 내 몫이다! 넌 하늘을 날아다니는 저것부

터 처리해!'

하지만 크레아로서는 일반적인 공격이 닿지 않는 하늘에서 일방적인 원거리 공격을 가하는 안젤리카를 공격하기엔 무리였다.

'어찌 된 일이지? 날 앞에 두고 서로 싸울 기세인가?'

적을 앞에 두고 일어난 상대편의 분쟁을 로베르토는 조용히 지켜봤다. 그는 허리에 찬 주머니를 어루만지며 안에 든 비장의 방법을 쓸까 고민했다. 하지만 하마터면 예상 못한 공격에 쓰러질 뻔했던지라 더욱 신중하게 대처하기로 결정했다.

'아직은 아니야. 헤리온 공이 합류할 때까지 최대한 버텨야 해.'

디케이드를 제외한 5공작 중 유일하게 다른 곳으로 간 에르카이저의 도움은 애초부터 기대할 수 없었다.

5

"이랴! 이랴!"

말고삐를 연신 내려치는 페이서의 뒤로 말발굽 소리가 끊이지 않고 이어졌다.

드래고뉴트 공작 헤리온을 코델리아와 제럴드에게 맡긴

페이서는 리에트와 함께 말을 타고 아르키어스 평원을 향해 달려갔다.

군이 지도를 펼쳐 보지 않아도, 나침반으로 방향을 파악할 필요는 없었다. 낮이어야 할 시간대를 거부한 광대한 어둠 속에서 수많은 병사의 외침이 울려 퍼졌기 때문이다.

페이서와 리에트를 태운 말이 어둠 속으로 들어가자 밖에서 보이지 않았던 만월이 하늘에서 은은하게 빛났다.

"웨어울프 공작 로베르토인가… 그리고 저 빛은……."

만월과 함께 하늘에서 존재감을 드러내고 있는 켄타우로스 공작 안젤리카임을 알 수 있었다.

백색의 점처럼 보이는 안젤리카로부터 발사된 스피어가 지면에 명중할 때마다 강렬한 바람이 휘몰아쳤다. 그녀는 크레아와 함께 온 마법사 쉘튼의 마법을 빠르게 활공하면서 피하는 동시에 일방적인 폭격을 가하고 있었다. 안젤리카를 떨어뜨리기 위해 궁수들이 쏘아 올린 화살이 비처럼 퍼부어졌지만 그때마다 그녀는 높이 솟아오르며 사거리 밖으로 물러났다.

점점 전장과 가까워지는 가운데, 빠른 속도로 달려가는 말 위에서 페이서는 고심했다. 어떻게 싸워야 할지 결단을 내려야 하는 순간이었다.

"맡을게."

리에트는 손가락으로 안젤리카가 있는 하늘을 가리켰다.

"이길 수 있겠어?"

페이서는 고개를 옆으로 돌리며 리에트를 쳐다봤다. 여전히 무표정한 얼굴에선 감정을 읽어낼 수 없었다.

"모르겠어."

리에트는 시선을 하늘에 떠 있는 안젤리카를 향한 채로 애매하게 대답했다.

"하지만, 지지 않아."

"부탁한다!"

페이서의 대답이 떨어지기 무섭게 리에트는 달리는 말에서 뛰어내렸다. 그리고 착지하자마자 자세를 낮추고 빠른 속도로 질주해 페이서를 추월했다.

휘잉!

기다란 쇠사슬에 매달려 앞으로 뻗어 나간 플레일이 몬스터들을 밀쳐 냈다. 부서져 나간 갑옷이 핏방울과 함께 허공에 솟아올랐고, 몬스터들이 있던 자리에 빠르게 들어온 리에트가 플레일을 크게 붕붕 휘둘렀다.

콰직!

플레일에 찍힌 몬스터들이 멀리 날아가며 사방에 피가 흩날렸다. 갑작스런 리에트의 난입에 몬스터 군단과 뒤엉켜 싸우던 인간 병사들은 화들짝 놀랐지만, 리에트가 휘두른 플레일은 아슬아슬하게 비켜 나가며 인간에게는 상처 하나 입히지 않았다.

"비키십시오!"

그녀가 휘두르는 플레일은 널찍한 길을 뚫어버렸고, 그 길을 페이서가 탄 말이 질주했다.

그런 식으로 몬스터 군단의 대열을 가르며 안으로 파고드는 둘을 향해 하늘에서 스피어가 빠른 속도로 날아왔다.

팅!

그러나 리에트가 위로 휘두른 플레일에 스피어가 튕겨서 멀리 날아갔다. 안젤리카는 스피어 끝에 연결된 와이어를 잡아당겨 급히 회수했다.

"갈게."

대각선 위로 높이 뛰어오른 리에트가 오른팔을 앞으로 내밀자, 폭넓은 소매 안쪽에 감겨 있던 여분의 쇠사슬이 거친 마찰음을 내며 일제히 풀려났다.

휘이잉!

"......!"

전혀 예상치 못한 거리에서의 반격에 안젤리카는 순간 움찔거렸다.

"크흑!"

쓰고 있던 투구 왼쪽이 박살 나면서 시야가 마구 흔들렸다.

안젤리카가 재빨리 정신을 차렸을 땐 예전 카일과의 전투에서 입었던 흉터가 터지면서 선혈이 길게 자리 잡았다.

"너는… 예전의!"

리에트를 알아본 안젤리카는 그녀와 같이 있을 거라 확신한 카일을 찾기 위해 급강하하더니 지상에 착지했다.

"카일은 어디 있지? 말해라!"

안젤리카는 랜스를 내밀며 리에트에게 물었지만 돌아오는 대답은 없었다. 대신 플레일이 안젤리카의 머리를 노리고 날아오자 그녀는 방패로 쳐내면서 주변을 둘러봤다.

"카일! 숨어 있지 말고 나타나라!"

이전 전투에서의 패배가 다시금 떠오르며 안젤리카의 억양이 거세졌다. 하지만 대규모 병력이 접전을 벌이는 이 상황에서 그녀 혼자서 카일을 찾아내기란 무리였다.

쿵!

이번엔 위에서 아래로 크게 휘둘러진 리에트의 플레일이 땅바닥에 박혔다. 안젤리카는 급히 뒤로 물러서며 거리를 벌리더니 랜스 대신 목에 걸고 있던 작은 피리를 집어 들었다.

삐이이…….

안젤리카가 피리를 입에 물고 힘주어 불자 파공음이 멀리 퍼져 나갔다. 그러자 말발굽 소리와 함께 전장을 가르며 나타난 안젤리카의 직속 부하들이 그녀의 주변에 집결했다.

"어딘가에 카일이 있을 거다! 자매들이여! 전원 흩어져 흑염의 기운을 찾도록! 그리고 찾게 되면 절대 그 인간에게 맞서지 말고 나에게 보고하라!"

"네!"

명령을 마친 안젤리카는 날갯짓을 하며 하늘을 향해 천천히 올라갔다.

허무하게 죽어간 부하들의 넋을 기리는 방법은 카일과의 승부에서 이기는 길뿐이었다. 그러기 위해서 우선 리에트와의 대결에 집중하기로 결심했다.

휘이잉!

리에트의 플레일과 안젤리카의 스피어가 각각 아래에서 위로, 그리고 위에서 아래로 서로 스쳐 지나갔다.

지상과 공중이라는 서로 다른 공간에서 두 여성의 격전이 다시 시작되었다. 그사이 페이서는 또 한 명의 공작, 로베르토가 있는 쪽으로 급하게 말을 몰며 질주했다.

6

새벽에 시작된 아르키어스 평원에서의 전투는 한낮을 지났음에도 끝이 보이지 않았다.

시간이 지나갈수록 어둠 속에서 죽어간 병사의 수는 양측 모두 늘어만 갔고 얼마나 시간이 지난 지 알 수 없는 어둠 속에서 시간관념마저 상실할 정도였다. 지친 기색이 역력한 인간과 몬스터 병사들은 오직 살아남아야 한다는 의지 하나에 기대어 남은 힘을 짜내고 있었다.

"제길, 지독할 정도로 버티다니⋯⋯."

마르코는 도무지 쓰러지지 않고 버티는 로베르토를 상대로 거친 숨을 내뱉었다. 웨어울프 특유의 재생력은 마르코의 짜증을 불러일으켰고, 무엇보다 비키라고 했음에도 물러서지 않는 크레아의 태도에 이를 갈았다.

"마르코 경, 그만 고집을 버리십시오! 당신 혼자로는 무리입니다!"

"그건 너겠지!"

마르코는 크레아의 조언을 무시하고 로베르토에게 달려들었다. 크레아의 난입을 머리에 두고 전투에 임하는 로베르토는 수비에 전념했지만, 막상 크레아는 함부로 끼어들지 못했다. 마르코와 합을 맞추지 않았다간 그마저 위험할 수 있기에 적극적인 공세를 취하지 못했다.

빛에 휘감긴 검과 클로(Claw)처럼 길게 뻗은 로베르토의 손톱이 빠르게 격돌하더니 서로 뒤엉켰다.

"하아앗!"

마르코는 기합을 내지르며 빛의 힘을 증폭시켰다.

오른손에서 뻗어 나온 손톱들이 박살 나며 힘에 밀린 로베르토가 뒤로 휘청거렸다. 하지만 곧바로 자세를 바로잡은 로베르토가 남은 왼손의 손톱들을 비틀어 마르코를 끌어당기다가 확 밀쳐 냈다.

카앙!

빠르게 크레아에게 접근한 로베르토가 양손을 번갈아가며 크게 휘둘렀다. 뭔가 튕겨 나가는 소리와 함께 그녀의 손에서 벗어난 성검 글로리아가 허공에 붕 떠올랐다.

"위험해!"

순간 크레아를 제치고 나타난 누군가의 검이 빛의 궤적을 그리며 로베르토를 공격했다. 강렬한 빛이 어둠을 거둬내며 모두의 시야를 뒤덮었다.

빛이 사라지자 로베르토는 뒤로 멀리 물러났고, 짧게 자른 금발의 중년 남성이 크레아의 앞에 서 있었다.

"괜찮습니까?"

"당신은……."

예전 빛의 용사, 페이서를 알아본 크레아는 그가 들고 있는 검의 빛에 주목했다.

페이서는 검을 내민 자세로 옆으로 걸음을 옮기더니 크레아의 왼편으로 이동했다. 자연스럽게 페이서의 시야 오른편에 크레아의 얼굴이 들어왔다.

'역시 지난번과 똑같은 느낌이야. 엘리제와 같으면서도 달라. 그런데, 아⋯⋯.'

검에 맴돌고 있던 빛이 사라지자 페이서는 실망한 기색을 감추지 못했다. 똑같이 빛의 힘을 사용하는 세 명 중 자신이 가장 뒤처진다는 사실을 다시금 깨달았다.

"호오, 나와 똑같은 빛의 힘이라. 그러면 페이서? 무슨 일로 여기에 왔지?"

"나는⋯⋯."

"현직도 모자라서 전직 빛의 용사까지 날 방해할 작정이겠다? 게다가 고작 그 실력으로?"

마르코는 빛의 흔적만이 미세하게 남아 있는 페이서의 상태를 파악하고 피식 웃었다. 완전히 빛의 힘을 되찾지 못했다는 교단의 보고는 틀리지 않았다.

반면 로베르토는 페이서의 등장에 거리를 더욱 벌리며 긴장을 늦추지 않았다.

'페이서가 왔다면 분명히 그 남자, 카일도 왔겠지.'

예상대로라면 둘로 갈린 옛 빛의 용사 일행 중 페이서를 포함한 네 명을 헤리온이 상대하고 있어야 했다. 하지만 전황은 뭔가 뒤틀어진 방향으로 전개되었다.

안첼리카는 리에트에게 발이 묶여 움직임이 제한되었고, 그 앞에 빛의 힘을 쓰는 인간이 세 명이나 나타났다.

"셀피아, 헤리온 공은?"

로베르토는 마법으로 모습을 감추고 있는 셀피아에게 마지막 기대를 걸고 헤리온의 행방을 물었다.

"……."

"그런가."

셀피아의 침묵만으로 더 이상의 설명은 필요치 않았다.

결국 로베르토는 비장의 수단을 택하기로 마음먹고 허리춤의 주머니에서 무언가를 꺼내 양손에 하나씩 움켜쥐었다.

"로베르토 님!"

"어쩔 수 없다. 지금 나에게 남은 방법은 이거뿐이다."

저주를 받아 원래의 색을 잃고 검게 변한 은(銀)은 단지 쥐고 있는 것만으로도 로베르토의 살갗을 타들어가게 만들었다.

양손에서 연기가 마구 피어오르며 로베르토의 표정은 고통으로 일그러졌다. 하지만 반대로 그의 몸 안에선 이전에 경험해 본 적 없는 강렬한 기운이 서서히 솟아오르기 시작했다.

"어차피 패배하면 죽음을 면하기 힘들 터… 그렇다면 난 그 생명으로 마지막 승리를 얻겠다!"

웨어울프인 그에게 독 그 자체인 은의 고통을, 생명을 소모하면서 견뎌낸다면 훨씬 더 강한 힘을 이끌어낼 수 있다는 걸 깨달은 덕분이었다.

"그렇다면 저 역시 목숨을 아낄 수 없겠죠."

셀피아는 어둠 속에 감췄던 몸을 드러내더니 로베르토 뒤에서 새 마법을 시전하기 시작했다. 그러자 만월이 피로 물드는 것처럼 위에서 아래로 붉게 변하더니 적월(赤月)로 바뀌었다.

"제 역할은… 여기까지입니다. 무운을……."

모든 마나와 생명력을 소모한 셀피아의 몸이 실이 끊어진 마리오네트처럼 땅바닥에 풀썩 쓰러졌다.

로베르토는 부하의 죽음에도 아랑곳하지 않고 고개를 들어 적월을 응시했다.

그의 몸에 완전히 흡수된 저주받은 은이 온몸에 퍼지면서 육체에 급격한 변화를 가져왔다. 근육이 팽창하는 동시에 더욱 견고해졌고, 저주받은 은이 흐르는 혈관이 피부 아래에서 일제히 튀어나왔다. 몸 자체도 점점 커지더니 3미터에 달하는 에르카이저와 동급이 되었고, 싸늘한 이미지를 풍겼던 눈동자는 적월과 똑같이 붉게 변했다.

"무슨 일이 일어나고 있는 거지?"

멀리서도 한눈에 알 수 있을 정도로 거대해진 로베르토의 변화에 마르코는 긴장했다. 절대 밀리지 않는다고 자부하던 그는 자신도 모르게 뒷걸음치고 있었다.

하지만 이내 고개를 저으며 두려움을 억지로 떨쳐 냈다. 그리고 다른 두 명을 제쳐 두고 혼자서 로베르토를 향해 돌진했다.

카앙!

"어……."

두 발을 땅에 디딘 자세 그대로 뒤로 죽 밀려 나간 마르코는 믿을 수 없다는 듯 자신의 검을 바라보았다. 빛에 감싸여 미세한 금조차 허락하지 않았던 그의 검이 단 한 번의 공격에 반 토막 나버렸기 때문이다.

워어어어!

로베르토는 어두운 하늘을 향해 고개를 들며 포효했다.

사방으로 퍼져 나간 하울링이 로베르토를 둘러싼 모든 인간을, 심지어 그가 이끌고 온 몬스터들까지 두려움에 빠뜨렸다.

Chapter 37
진정한 어둠

1

짙은 어둠에 뒤덮인 아르키어스 평원에 늑대의 울음소리
가 메아리쳤다.

몬스터의 시체 위로 인간 병사들의 시신이 겹겹이 쌓였고,
각 나라를 상징하는 깃발들은 위에 선명한 발자국이 찍힌 채
로 내팽겨졌다. 몬스터들의 함성이 북소리와 함께 평원을 지
배한 것과 반대로 인간 측의 연합부대는 천천히 후퇴 중이었
다.

"이런……"

밤낮을 가리지 않고 지친 말을 열 번이나 갈아타며 아르키

어스 평원에 도착한 카일은 인간 측의 패색이 완연함을 확인하고 고개를 설레설레 저었다.

"이미 꽤 진행되었잖아. 게다가 낌새도 안 좋아 보여. 너무 늦지 않았으면 좋겠는데."

카일의 머릿속에 과거 아르키어스 평원에서 승리했던 전투가 떠올랐다.

20여 년 전에는 페이서가 당시 뱀파이어 공작이었던 코델리아와 일대일로 대결했고, 카일이 데몬 공작 에르카이저를 상대했다. 지금이나 그때나 가장 강한 적수였던 에르카이저의 앞을 카일이 가로막은 와중에 페이서의 활약이 처절했던 전투의 종지부를 찍었다.

그러나 지금 페이서는 과거의 빛의 용사가 아니고, 아르키어스 평원을 뒤덮은 어둠은 인간들에게 희망을 앗아갔다.

"그때 그 녀석인가?"

어둠 속에서 유달리 두드러지는 붉은빛의 달이 카일로 하여금 이전 마탑 앞에서 상대했던 로베르토를 연상케 했다. 그리고 백색의 두 날개를 펄럭이며 하늘을 날아다니는 켄타우로스는 안젤리카임이 분명했다.

그 자신을 제외한 모든 공작이 총집결한다는 디케이드의 이야기가 거짓이 아님을 카일은 확신했다. 이렇게 된 이상 싸우는 수밖에 없었다.

카일은 대검을 뽑아 들고 병사들이 밀집한 평원 안쪽을 향해 달려갔다. 어쩌면 모르드 왕국을 도와주는 꼴이 되겠지만 페이서와 연락되지 않는 상황에서 고를 수 있는 선택의 수는 많지 않았다.

"모두 비켜! 너희에겐 볼일 없으니까!"

화르륵!

갑작스럽게 눈앞에서 펼쳐진 검은 불길에 병사들이 당황하며 멈춰 섰다.

"검은 불길? 그렇다면… 카일! 흑염의 카일이다!"

"모두 물러서라!"

몬스터와 마족들의 기세에 밀려 후퇴 중이던 인간 측 연합부대는 후방에서 나타난 카일을 알아보고 그를 중심으로 양갈래로 나뉘었다.

"그래, 그래. 잘 생각했어. 지금은 내 목에 걸린 현상금보단 목숨이 중요하잖아? 앞으로도 계속 그랬으면 좋겠군. 그리고 누군가 말 좀 빌려줬으면 좋겠는데… 그래, 네가 좋겠어."

카일이 말을 타고 있던 기사 한 명을 가리키자, 지목당한 기사는 두리번거리며 눈치를 살폈다. 하지만 카일과 눈이 다시 마주치자 기사는 허겁지겁 말에서 내리더니 병사들 사이에 몸을 숨겼다.

그러자 병사들 역시 카일과의 거리를 조금이라도 더 벌리려고 뒤로 물러서다가 뒤엉키며 혼잡을 일으켰다. 말에 올라탄 카일은 그들의 추태를 한심하다는 눈빛으로 내려다봤지만 이내 생각을 고쳐먹고 쓴웃음을 지었다. 멀리서 듣는 것만으로도 겁에 질리게 만드는 웨어울프의 하울링에 아무렇지 않은 자신이 특이한 것이기에.

"그러면 잘들 도망가 보라고."

카일은 말을 타고 아르키어스 평원 중심을 향해 달려갔다. 지금 이 순간에도 인간들을 겁에 질리게 만드는 하울링의 근원지에 페이서가 있을 거라는 확신을 가지고서.

2

워어어어!

거대화된 로베르토의 입에서 강렬한 표호가 다시금 울려 퍼졌다. 날카롭고 길게 자라난 손톱 사이에 맺힌 핏방울이 병사들의 시체 위로 뚝뚝 떨어졌다. 박살 난 갑옷 파편과 부러진 검 조각을 짓밟고 지나가는 그의 몸에서 피 냄새가 물씬 풍겼다.

스스로의 생명력을 소모하면서 일대를 휩쓴 로베르토에게 크레아 일행을 제외하곤 그 누구도 접근할 엄두조차 내지 못했다. 마르코와 크레아를 구하기 위해 로베르토를 둘러쌌던 무수한 병력이 순식간에 죽어나간 결과 인간 입장에선 지옥이나 다름없는 풍경이 평원 중심부에 펼쳐졌다.

"덤벼라……."

어둠 속에서 붉게 빛나는 로베르토의 눈동자가 멀리 물러선 마르코를 찾았다. 하지만 빛의 군대에 둘러싸여 치유 중인 그 대신 크레아가 로베르토의 앞을 가로막았다.

카앙!

"으윽!"

로베르토의 돌진을 막아낸 크레아의 입에서 신음 소리가 흘러나왔다.

카앙! 카앙!

하지만 크레아는 성검 글로리아를 강하게 움켜쥐며 로베르토의 공격을 연달아 막아냈다. 서로의 무기가 부딪치는 소리가 울려 퍼지며 로베르트 쪽이 일방적으로 밀어붙이던 분위기가 끝나는 듯싶었다.

"크아아!"

"윽!"

하지만 로베르토의 하울링에 크레아가 두 눈을 질끈 감더니 다시 뒤로 밀려났다. 크레아의 자세가 흐트러진 사이, 로베르토의 날카로운 손톱이 그녀의 머리를 노리고 크게 휘둘러졌다.

"빛이여!"

파아앗!

순간 어둠을 밀어내는 강렬한 빛이 성검 글로리아에서 뿜어져 나왔다. 빛에 휘감긴 크레아가 자세를 낮추며 검을 아래로 내리더니 앞으로 뛰어나가며 크게 휘둘렀다.

"크윽!"

글로리아에서 뻗어 나간 빛이 로베르토의 가슴에 대각선 방향으로 긴 상처를 남겼다. 하지만 로베르토는 물러서지 않고 양손의 손톱들을 교차시켜 글로리아를 붙들었다.

"과연 성검 글로리아, 무시못할 무기야."

"닥쳐라!"

"하지만 넌 그만큼 강하진 않아 보이는군!"

로베르토는 성검 글로리아를 위로 거세게 밀쳐 내더니 잽싸게 크레아의 왼쪽으로 돌아 측면을 공격했다. 금속이 긁히면서 만들어낸 기분 나쁜 마찰음과 함께 뜯겨 나간 갑옷 파편이 크레아의 시야를 가로막았다.

카앙! 캉!

크레아의 검과 로베르토의 손톱 사이로 핏방울이 마구 튀어 올랐다. 성검 글로리아의 빛이 크레아를 휘감아 보호했지만, 그녀가 밀리고 있다는 사실에는 변함없었다.

＊　　　＊　　　＊

"이랴! 이랴!"

카일은 말에 탄 채로 몬스터들을 베어내며 평원 중심으로 달려갔다.

멀리서 봐도 한눈에 띄는 빛과, 눈을 감았을 때 감지된 강렬한 마족의 기운이 거의 동일한 위치에 있었다. 카일은 그 빛의 주인공이 페이서이기를 기대하며 말고삐를 계속 내려쳤다.

그렇게 쉬지 않고 달려간 카일이 시야에 무수한 시체가 널브러져 있는 격전지에 도착했다.

"페이서가… 아니군."

어둠 속에서 빛나고 있는 성검 글로리아의 존재감은 카일의 기대와는 거리가 멀었다. 크레아와 쉘튼, 그리고 뒤늦게 재합류한 마르코가 로베르토 한 명을 상대로 고전 중이었다.

"페이서! 어디 있어? 내가 왔다고!"

말에서 내린 카일은 주변을 둘러보며 페이서의 이름을 외쳤다. 발끝에 걸리는 시체 중 하나일지 모른다는 생각이 들자 카일의 마음속에 조바심이 자리 잡았다.

아직 도착하지 않았을 거란 기대와 함께 로베르토에게 이미 쓰러졌을 거라는 두려움이 그를 사로잡았다. 차라리 이곳이 아닌 다른 곳에 있기를 바랐지만 마음과 달리 그의 목소리는 더욱 높아져만 갔다.

"페이서! 제발… 대답해 줘!"

카일은 시체들을 들춰낼 때마다 답답해지는 가슴을 버티기 힘들었다. 그렇게 10분 넘게 주변을 뒤지던 카일의 시야 한구석에 누군가의 떨리는 손이 들어왔다.

"여… 여기야……."

한쪽 무릎을 꿇은 채로 검을 지팡이 삼아 버티고 있는 페이서를 발견한 카일은 급하게 그에게 달려갔다.

"페이서!"

"으윽… 미안, 내 힘이 부족해서……."

페이서는 로베르토와 세 명의 대결을 응시하며 이를 악물었다.

"지금 그게 중요한 게 아니잖아!"

카일은 페이서를 일으켜 세우더니 그의 몸 여기저기를 살폈다. 다행히 크게 다친 곳은 없었지만 부서진 어깨 갑옷 안쪽의 출혈이 카일의 눈에 띄었다. 카일은 망토 끝자락을 붙들더니 길게 찢어 페이서의 왼쪽 어깨를 붕대처럼 둘둘 감았다.

우워워워!

"크윽."

"으으……."

또 한 번 하울링이 울려 퍼지자 카일은 두 손으로 귀를 틀어막고 멀리서 전투 중인 로베르토 쪽을 바라봤다.

"저 웨어울프는 분명히 기억에 있는데, 저렇게 강했나?"

"모르겠어. 하지만 저 세 명으로도… 무리일 거야."

페이서는 단 한 번의 공격에 아무것도 하지 못하고 쓰러진 자기 자신이 너무나 실망스러울 뿐이었다. 게다가 최후의 일격을 가하지 않고 자신을 내버려 둔 채 크레아를 상대 중인 로베르토에게 굴욕감까지 느꼈다.

카일은 망원경을 꺼내 로베르토 쪽을 살피더니, 이내 표정이 굳어버렸다. 멀리서 봤을 때와 달리 나름 실력을 지닌 세 명을 동시에 밀어붙이는 파괴력은 결코 만만히 볼 수 없었다.

'예전의 그 로베르토와는 확연히 달라. 페이즈 2에 돌입하더라도 이길지 아닐지 애매해. 저 모르드 왕국 일당의 방해도 감안해야 하고. 무엇보다도…….'

만약 로베르토와 안젤리카 모두 쓰러뜨린다 하여도 그 뒤가 문제였다.

블랙아웃 모드를 사용한 후의 카일은 흑염의 힘을 한동안 사용하지 못한다. 그런 악조건에서 디케이드는 제쳐 두고라도 아직 도착하지 않은 두 공작과 싸워야 할지도 모르고, 모르드 왕국이 빛의 힘을 되찾지 못한 페이서와 흑염의 힘을 쓸 수 없는 자신을 가만히 놔둘 리 없다.

"아! 제럴드는? 리에트와 코델리아는?"

"리에트는 안젤리카를… 나머지 두 사람은 다른 곳에서 헤리온을 상대하고 있을 거야."

"에르카이저는 여전히 도착 안 했고?"

"으윽… 그래."

페이서의 대답을 다 들은 카일은 과거 이곳에서 있었던 전투를 다시금 떠올렸다. 그때보다 더 긴박하게 흘러가는 전황을 타개하기 위해선 남은 두 공작이 도착하기 전에 어떻게 해서든 결단을 내려야 했다.

'그렇다면 역시 그 방법밖에 없겠지?'

"페이서."

카일은 두 개의 검 중 다크블로우를 검집째 휙 땅바닥에 내던졌다. 지금 그에게 제어란 필요치 않았기 때문에.

"뒤를 부탁한다."

"카, 카일? 설마, 너……!"

입술 왼쪽 끝을 올리며 말하는 카일을 본 페이서는 온몸에 소름이 돋았다. 매번 '그 상태'에 들어가기 전에 하던 말이었기 때문이었다.

"만약 내가 원래대로 돌아오지 못하면, 인간들을 이끌고 무조건 도망가도록 해. 아니면 날 죽이거나."

"그건 너무 위험해! 무엇보다 난 너를… 옛날처럼 되돌릴 힘이 없다고!"

페이서는 손을 뻗어 카일을 말리려고 했지만 이미 카일은 로베르토 쪽을 향해 걸어가는 중이었다.

카일은 길게 숨을 내쉬면서 등에 차고 있던 대검을 꺼내 오른손에 쥐었다.

'이전보다 확실하게 낮은 확률… 아니지, 그렇게까지 낮진 않을 거야.'

페이서가 진정한 빛에 다시 눈뜨거나, 아니면 실패하거나.

결국 반반의 확률이다.

물론 그 확률을 유지하기 위해선 선행되어야 할 것이 있다.

'단 한 가지만은 반드시 기억해야 해. 이성을 모조리 잃어버리더라도 페이서만은 반드시!'

어둠의 힘에 몸을 맡기자 카일의 흰자위가 눈동자와 똑같은 검은색으로 뒤덮였다. 혈관을 타고 흐르는 피가 끓어오르는 느낌과 함께 숨을 내쉴 때마다 검은 기운이 입김처럼 뿜어져 나왔다.

하지만 카일이 이에 만족하지 않고 더 깊은 어둠 속에 빠져든다는 걸 페이서는 알고 있었다.

"카일!"

페이서는 친구의 이름을 목 놓아 외쳤지만, 카일의 걸음은 멈추지 않았다.

3

블랙아웃 모드의 첫 번째 페이즈로 돌입한 카일은 계속 앞으로 걸어가며 두 눈을 감았다.

페이즈 2의 돌입에 필요한 더 깊은 분노와 증오를 위해 그는 석화에서 풀려난 이후 다시 만난 동료들의 몰락을 하나씩 떠올렸다.

그들이 구해준 인간들에게 버림받은 제럴드, 카트리나, 페이서의 안타까운 사연을 떠올리자 시야를 뒤덮은 어둠이 더욱 짙어졌다. 특히 과거의 모습을 완전히 잃어버리고 술에 찌들어 희망 따윈 잊어버린 페이서의 모습에 대검을 움켜쥔 오른손에 힘이 확 들어갔다.

"그래… 인간들이야말로 날 가장 분노하고 증오케 만들었지."

순간 말을 마친 카일의 몸이 서서히 어둠과 동화되더니 모습을 감추었다. 적월의 달빛을 허용하던 어설픈 어둠이 아니라, 아무것도 보이지 않는 칠흑의 어둠이 모두의 시야를 지배해 버렸다.

"이, 이게 어떻게 된 것입니까?"

"앞이 하나도 안 보여… 다들 어디 있어?"

"여기로 모이십시오! 그리고 모두 조심하십시오!"

성검 글로리아의 찬란한 빛까지 집어삼킨 어둠 속에서 크레아와 마르코, 그리고 쉘튼은 뒤로 급히 물러났다. 목소리로 서로의 위치를 확인한 세 명은 마족의 마법이라 추측하고 경계심을 늦추지 않았다.

한편 로베르토는 자신을 둘러싼, 한 치 앞도 보이지 않는 암흑이 결코 낯설게 느껴지지 않았다.

"이 어둠은… 설마……."

사정상 제대로 된 승부를 내지 못하고 물러서야 했던 2년 전의 대결이 머릿속에 떠올랐다.

"카일! 모습을 드러내라! 이번에야말로 결착을 맺자!"

그는 카일을 찾으며 앞으로 한 걸음 내디뎠지만 이상하게도 더 이상 움직일 수 없었다. 그리고 방금 전 느꼈던 익숙함이 이전까지 단 한 번도 느껴보지 못했던 두려움과 공포로 탈바꿈했다.

그들 말고도 인간 병사들과 몬스터들까지 어둠이 선사한 공포에 휩싸여 더 이상 움직일 수 없게 되자 자연스럽게 전투가 중단되었다.

'이것으로도 부족해.'

페이즈 2에 돌입한 카일은 거기에서 만족하지 않았다. 평원을 뒤덮은 진정한 어둠을 자신의 힘으로 완벽히 변환시킬, 페이즈 3에 들어서기 위해선 더 격한 분노와 증오가 필요했다.

「그렇다면 이건 어떤가?」

매번 어둠의 힘을 필요로 할 때마다 들린 환청이 귓가에 울렸다.

어둠 대신 불길이 치솟으며 지겹게 봐왔던 거짓된 기억이 하나둘씩 떠올랐다. 인간들에 의해 마족들이 잔인하게 죽어나가고 범해지는 장면에 지겨움마저 느껴질 정도였다.

「이번에는 억지로 믿지는 않는군. 그래, 바로 그거야.」

하지만 이전까지 아무런 감흥도 주지 못했던, 마족들이 눈앞에서 죽어가는 광경에 신기하게도 분노가 느껴졌다. 강하게 움켜쥔 왼손에서 피가 방울져 흘러내렸고, 환상 속의 마족들이 비명을 지를 때마다 어금니를 꽉 깨물었다.

「진실이야말로 진정한 분노와 증오를 불러일으키게 마련이지. 지금 느끼는 그 감정에 몸과 마음 모두 맡겨라. 그것이 너의 힘의 원천이자 본질이니까.」

*　　　*　　　*

"아……."

어둠에 갇혀 홀로 서 있던 리에트의 입에서 탄식이 흘러나왔다.

손에 힘이 풀리면서 플레일이 아래로 툭 떨어졌다. 제자리에 털썩 주저앉은 리에트는 두 손을 교차해 양어깨를 움켜쥐었다.

"카일이……."

그녀는 짙은 어둠 속에도 카일을 느끼고 어디 있는지 알 수 있었다. 하지만 희미해지는 카일의 기운과 반대로 커져만 가는 공포에 저절로 몸이 굳어버렸다.

리에트는 더 이상 카일이 인간으로 느껴지지 않았다. 그리고 절대 이길 수 없는 존재라는 걸 직감하는 순간, 식은땀을 흘리며 부들부들 떨기 시작했다.

"…사라졌어."

4

카일이 전개했던 어둠이 빠른 속도로 그의 몸 안으로 빨려 들어갔다.

사라졌던 적월이 하늘에서 모습을 드러냈고, 크레아가 들고 있는 성검 글로리아가 잃어버렸던 빛을 되찾고 그녀 주위를 다시 환하게 밝혔다.

모든 것이 원래대로 돌아갔지만 카일만은 이전과 전혀 다른 모습으로 변해 버렸다. 그의 몸을 휘감은 어둠의 기운이 칠흑의 투구와 갑옷으로 변했고, 안에 들어 있는 카일의 육체는 어둠과 완전히 동화되어 원래 모습을 잃어버렸다.

"다시, 돌아왔다."

날카로움과 경박함이 완전히 배제된, 육중한 음성이 투구 아래로 흘러나왔다. 걸음을 옮길 때마다 짙은 어둠의 기운이 주변으로 퍼져 나갔다.

암흑의 화신과의 마지막 전투 이후 처음으로 페이즈 3에 돌입한 카일은 로베르토를 향해 몸을 돌리더니 대검을 앞으로 내밀었다.

"진짜 어둠이 뭔지 보여주지, 애송이……."

"너, 넌 도대체……."

이전에 싸웠던 카일과 완전히 다른 존재가 되어버린 '카일'이 다가오자 로베르토는 긴장하기 시작했다. 그의 목소리를 듣는 것만으로도 온몸에 소름이 돋고 두려움이 엄습했다.

하울링으로 인간들을 공포에 빠뜨렸던 그가 반대 입장이 될 줄은 예상치 못했다.

하지만 이미 생명력을 대가로 싸우기로 결정한 이상 로베르토에게 후퇴란 단어는 존재하지 않았다.

"간다!"

로베르토가 지면을 박차고 높이 뛰어오르더니 카일의 투구를 향해 양손을 빠르게 휘둘렀다. 어둠 속에서 붉은빛의 눈동자가 로베르토의 빠른 움직임에 따라 대각선 위로, 그리고 아래로 이어지는 잔상을 남기더니 카일의 앞에서 멈췄다.

"느려."

로베르토의 손톱들은 칠흑의 갑옷에 닿자마자 산산조각 나버렸고, 카일은 대검을 들지 않은 왼손으로 로베르토의 오른손을 아무렇지 않게 붙잡았다. 그리고 카일을 둘러싸고 있는 어둠의 기운이 여러 갈래로 뻗어 나오더니 로베르토의 오른팔을 휘감았다.

우드득!

"으아악!"

뼈가 으스러지고 근육이 찢겨 나가는 강렬한 통증에 로베르토는 비명을 질렀다. 고통 속에서도 오른쪽 어깨를 뒤로 젖히며 빠져나오려는 순간, 또 다른 고통이 어깨 아래를 관통하면서 시야가 핏빛으로 물들었다.

'이렇게 끝날 순 없어!'

이대로는 죽는다는 생각에 로베르토는 왼팔로 카일을 밀쳐 내며 급히 뒤로 물러섰다.

"허억, 허억……."

거친 호흡과 함께 로베르토의 양어깨가 들썩거렸지만 오른쪽 어깨 아래의 무게감은 거의 사라졌다. 잘린 부위에서 뿜어져 나온 피가 수북하게 자라난 털을 흠뻑 적셨다.

카일은 방금 전 로베르토에게 가격당한 투구를 살짝 어루만진 후 그를 향해 천천히 다가왔다. 한 걸음 한 걸음 다가오는 카일이 로베르토에겐 너무나 크게 느껴졌다.

'내 공격을 받고도 아무렇지 않다니…….'

웨어울프 특유의 강한 재생력 덕분에 팔꿈치 윗부분까지 순식간에 복구되었지만, 시간이 촉박하긴 마찬가지였다.

"오지 않겠다면 내가 간다."

말을 마친 카일이 어둠 속으로 스며들더니 순식간에 사라졌다.

로베르토는 고개를 좌우로, 그리고 위와 아래를 향하며 카일의 행방을 쫓았지만 짙은 어둠만이 보이고 느껴질 뿐이었다.

"아악!"

또다시 오른팔이, 그리고 왼팔까지 거의 동시에 잘려 나갔다.

로베르토의 등 뒤에서 카일의 대검이 뻗어 나왔다. 대검에서 뿜어져 나온 어둠의 기운은 로베르토의 양팔을 자른 걸로도 모자라 땅바닥을 가르고 멀리까지 뻗었다.

워어어어!

순식간에 양팔을 모두 잃어버린 로베르토는 후퇴보단 반격을 택했다. 입을 크게 벌려 카일의 목 부근을 깨물더니 갑옷을 마구 뜯어내기 시작했다.

날카로운 이빨이 칠흑의 갑옷을 뚫고 안으로 파고들었고, 팔꿈치 아래까지 빠르게 재생된 양팔로 카일을 붙들고 놔주지 않았다.

"이, 이건?"

하지만 뭔가 이상했다. 갑옷 안이 마치 텅 빈 것처럼 이빨 끝에 살점이 찢기는 감각이 조금도 느껴지지 않았다.

"넌 큰 실수를 했다. 나를 상대로 일부러 어둠을 마련해 주다니."

푸욱!

카일은 오른손에 쥐고 있던 대검을 뒤로 젖히더니 그대로 앞으로 찔러 넣었다.

"으… 어……."

가슴을 관통당한 로베르토는 움직이지 못하고 굳어버렸

다. 카일을 붙들고 있던 양팔에 더 이상 힘이 들어가지 않았다.

우드득!

카일이 검자루를 쥔 손을 비틀자 가슴과 등을 관통한 상처가 벌어지면서 피가 분수처럼 앞뒤로 뿜어져 나왔다. 치명적인 부상과 재생이 거듭되면서 로베르토의 생명력이 급속도로 소모되기 시작했다.

"호오, 어떻게 이전보다 강해졌는지 의아해했는데… 그런 방법이었나."

로베르토가 갑작스럽게 강해진 이유를 알아챈 카일은 찔러 넣었던 검을 빼내더니 로베르토의 목을 향해 겨누었다. 대검에 가득 묻어 나온 핏방울이 검신 안으로 빠르게 흡수되어 사라졌다.

"그렇다면 머리가 잘려도 괜찮을지 실험해 보고 싶군."

피유융!

하늘에서 날아온 스피어가 대검을 뒤로 밀쳐 냈다.

카일이 고개를 들자 백색의 날개를 휘날리며 멀리서 돌진 중인 안젤리카가 시야 한가운데에 들어왔다.

"카일! 네 상대는 바로 나다!"

리에트의 추적을 뿌리치고 카일을 찾아낸 안젤리카는 랜스로 무기를 바꾸고 대각선 아래 방향으로 급강하 중이었다.

랜스를 중심으로 강렬한 바람이 휘몰아치더니, 원추 형태의 소용돌이가 그녀의 뒤로 길게 이어졌다.

"그래?"

쉬이익!

카일의 몸에서 길게 뻗어 나온 어둠의 가시가 안젤리카를 향해 일제히 발사되었다.

예상 못한 거리에서의 반격에 안젤리카는 공중에서 좌우로 급히 틀었지만, 그녀가 움직인 방향을 따라 어둠의 가시가 꺾이면서 그녀를 덮쳤다.

파바바박!

"으윽!"

바람의 장벽을 뚫고 들어온 어둠의 가시가 어깨와 양팔, 그리고 허벅지를 관통했다. 그럼에도 그녀는 이를 악물고 돌진을 멈추지 않았다.

"커헉!"

길게 뻗은 어둠의 가시 중 하나가 안젤리카의 복부를 관통하자 입으로 핏덩어리를 왈칵 토해냈다.

"시시하군."

촤아악!

안젤리카의 복부를 꿰뚫은 어둠의 가시가 방향을 크게 틀더니 한 쌍의 날개를 말 그대로 찢어발겼다. 카일에게 다가가

지도 못하고 전투 불능이 되어버린 안젤리카가 선혈을 길게 흩뿌리며 서서히 하강했다.

쿠웅!

멀리 떨어진 곳에서 안젤리카가 추락하는 소리가 들리자 카일의 관심은 다시 로베르토를 향했다.

"아직도 살아 있다니, 정말 잘됐어."

"으윽, 나는 아직 싸울 수……."

안젤리카가 시간을 끈 덕분에 로베르토의 팔은 다시 복구되었지만, 감히 카일에게 먼저 덤빌 입장이 아니었다.

"아까 내가 진정한 어둠이 뭔지 보여주겠다고 말했지? 그 약속, 지켜주겠다."

카일이 대검을 수직으로 땅에 박자, 로베르토가 서 있던 자리에 어둠이 깔리면서 거대한 원을 형성했다.

"이, 이건?"

본능적으로 위험을 느낀 로베르토는 황급히 뒤로 물러섰지만 마치 진흙탕에 빠진 것처럼 움직이지 않았다. 죽음에 도달할 때까지 영원한 악몽을 선사하는 진정한 어둠, 다크 홀(Dark hole)이었다.

"으아아악!"

원 중심부를 향해 몰아치는 강렬한 소용돌이에 로베르토는 비명을 지르며 발버둥 쳤다. 손톱을 땅바닥에 깊숙이 찔러 넣고 저항했지만 점점 다크홀의 중심으로 끌려갈 뿐이었다.

푸욱!

카일의 대검은 더 이상의 자비를 용납하지 않았고, 어둠이 지배하던 로베르토의 시야에 선혈이 마구 튀어 올랐다.

"으으… 으아아악!"

두 팔이 잘려 나간 로베르토는 저항조차 하지 못하고 다크홀 안쪽으로 빨려 들어가 완전히 사라졌다.

어둠 속에서 피가 낭자하던 자리에 침묵이 자리 잡았다. 카일의 위세에 압도되어 감히 끼어들 생각조차 못했던 크레아는 자신도 모르게 마른침을 꿀꺽 삼켰다.

그리고 잠시 후, 다크홀의 중심부에서 피가 흘러나오더니 웅덩이처럼 넓게 펼쳐졌다. 다시 모습을 드러낸 로베르토의 시체는 갈가리 찢기고 비틀어져 원래 형상을 알아볼 수 없었다.

"끝났다."

셀피아가 목숨을 대가로 전개했던 어둠이 서서히 걷히면서 적월 역시 희미해지기 시작했다. 원래의 시간대로 돌아간 하늘에는 지평선을 향해 저물어가는 태양이 미약하게 빛나고 있었다.

그러자 카일이 뿜어내는 어둠이 더욱 부각되었다.

"에르카이저와 데미트리에 비하면 부족하긴 해도, 제법 즐

거뒀다. 애송이라는 말은 취소하마."

카일은 이전에 페이즈 3로 돌입해 상대했던 두 명의 마족 공작을 언급하며 로베르토의 머리를 들어 올렸다. 공포에 질려 눈을 뜬 채로 숨을 거둔 로베르토의 마지막 표정에 카일은 나름 만족한 듯싶었다.

하지만 어둠에 모든 것을 맡긴 카일의 증오와 분노는 조금도 사그라지지 않았다.

콰직!

"그러면… 다음은 누구지?"

어둠의 기운으로 로베르토의 머리를 산산조각 낸 카일이 멀리 떨어져 있는 크레아를 응시했다. 페이즈 3단계에 들어선 그의 눈에는 인간과 마족의 구별 없이 오직 죽여야 할 적밖에 보이지 않았다.

Chapter 38
빛이여, 다시 한 번

1

크레아를 향해 천천히 다가오는 카일 주위로 어둠의 기운이 안개처럼 흘러나왔다.

절대 쓰러지지 않을 것 같았던 로베르토의 시체를 뒤로하고 카일이 다가오자, 그를 응시하고 있는 크레아의 온몸에 식은땀이 흘러내렸다. 그녀는 성검 글로리아의 검자루를 강하게 움켜쥐었지만 그것뿐이었다. 그녀는 그저 제자리에 멈춰서서 카일이 조금씩 거리를 좁히는 걸 지켜보고만 있었다.

로베르토가 잔혹하게 죽은 장면을 멀리서 지켜보던 몬스터들은 전투를 포기하고 빠르게 후퇴했다. 반면 인간 측에선 후퇴를 멈췄지만 사방으로 서서히 퍼져 나가는 어둠의 기운에 두려워하며 도망칠 엄두조차 못 냈다.

"여… 여기는 제가 맡겠습니다. 그러니 다른 분들은 빨리……."

두려움을 억지로 버텨내며 크레아는 후퇴를 명령했다. 하지만 부들부들 떨고 있는 크레아가 못마땅했던 마르코가 기세 좋게 그녀 앞으로 나섰다.

"비켜! 저놈은 내가……."

그러나 카일과 시선이 마주치자 마르코의 몸은 돌처럼 굳어버렸다. 멀리서 로베르토와 싸우는 모습을 봤을 때와는 비교할 수 없을 정도의 절망과 공포에 압도되었다.

하지만 마르코 입장에서도 이대로 물러설 수는 없었다. 그는 아랫입술을 질끈 깨물더니 걸어오고 있는 카일을 향해 돌진했다.

카앙!

카일이 들어 올린 왼손에 마르코의 검을 휘감았던 빛이 순식간에 삼켜져 버렸다. 카일의 왼손을 가격했던 검신이 산산조각 나 바닥에 후두둑 떨어졌다.

"아까 그 웨어울프에게도 밀리던 녀석이 나에게 덤비겠다고?"

카일은 그대로 왼손을 앞으로 뻗더니 마르코의 목을 움켜쥐었다.

"상대할 가치도 없군."

"크윽… 카일!"

"네 아버지 쪽이 훨씬 더 강하고, 집념을 보였지."

"다… 닥쳐! 그딴 남자 이야기는 그만둬!"

파아앗!

아버지 마르키아에게 비교당한 마르코의 전신에서 강렬한 빛이 뿜어져 나왔다.

마르코는 새 검을 뽑아내 검을 마구 휘두르며 빛의 기운으로 카일을 가격했다. 카일은 묵묵히 제자리에 선 채로 마르코의 공격을 받아냈고, 얼마 지나지 않아 빛이 사그라진 마르코의 얼굴엔 절망의 그림자가 드리워졌다.

"이럴 순 없어! 내 힘이 전혀 통하지 않다니……."

"꺼져라."

카일은 어둠의 기운으로 마르코를 높이 들어 올리더니 로베르토를 빨아들였던 다크홀을 향해 휙 내던졌다.

"으아악!"

"마르코 경!"

크레아의 외침과 동시에 어둠을 뚫고 뻗어 나온 섬광이 마르코를 빨아들이던 다크홀을 절반으로 갈랐다.

"당장 어둠의 힘을… 거두십시오!"

"계속 떨고 있을 줄만 알았는데 의외로군. 빛의 용사라서 물러설 수 없다는 건가?"

카일은 크레아를 향해 다시 걸어오기 시작했다. 그사이 빛의 군대가 쓰러진 마르코를 부축해 빠르게 뒤로 물러섰고, 셸튼은 마나의 장벽을 넓게 구현해 그의 후퇴를 도왔다.

카일과 크레아 사이의 거리가 5미터 이내로 좁혀지자 카일의 몸에서 흘러나온 어둠의 기운과 성검 글로리아의 빛이 서로 뒤엉키며 둘 사이에 회색의 경계선을 형성했다.

"성검 글로리아여!"

크레아의 빛과 카일의 어둠이 가까이에서 격돌하며 회색의 경계선이 크게 요동쳤다. 마르코 때와 달리 크레아는 카일의 어둠을 견뎌내며 성검 글로리아를 휘둘렀다.

카앙! 카앙!

카일의 대검과 크레아의 성검이 서로 부딪치며 일진일퇴의 공방전이 이어졌다. 빛을 삼키며 들어오는 어둠의 기운을 크레아는 있는 힘을 다해 막아냈고, 어둠에 휩싸인 카일은 자신을 노리고 파고드는 섬광을 몇 번이나 정면으로 받아냈다.

"하아앗!"

크레아는 기합을 지르며 성검을 오른쪽에서 왼쪽으로 크게 휘둘렀다. 어둠의 기운을 베어낸 성검의 검신은 카일의 투구 아래 목에 닿았지만, 더 이상 나아가지 못하고 멈췄다.

"빛이여!"

그녀의 외침에 맞춰 성검이 강렬한 빛을 발산했다.

"어둠이여, 빛을 삼켜라."

하지만 카일의 몸에서 솟아 나온 어둠의 갈퀴가 성검을 움켜쥐자 검신 윗부분부터 서서히 어둠에 침식되어 회색빛으로 변질되었다. 크레아는 다급히 검을 빼내며 뒤로 물러서더니 다시 카일에게 달려들었다.

빛과 어둠이 서로 격돌하며 회색빛 경계선이 마구 흔들리며 잔상을 남겼다. 하지만 시간이 흐를수록 크레아의 표정은 점차 어두워졌다. 전력을 다해 상대하고 있음에도 카일의 어둠은 조금도 수그러들지 않았고, 빛과 어둠의 기세를 나타내는 회색의 경계선이 어느새 그녀를 완전히 둘러쌌다.

콰앙!

그녀를 포위한 어둠의 기운이 폭발하며 크레아를 덮쳤다.

"으, 으윽……."

그녀는 검자루를 강하게 움켜쥐더니 성검 글로리아를 수직으로 세우고 폭발을 버텨냈다.

하지만 이전까지 빛으로 보호받고 있던 크레아의 갑옷이 어둠의 기운에 마구 긁혀 검게 타들어갔다. 게다가 그것에 그치지 않고 강렬한 빛이 뿜어져 나오던 성검 가운데에 금이 그어지더니, 검신이 부서지며 아래로 흘러내렸다.

"이게 빛의 용사인가? 이따위가 빛의 힘인가?"

"아……."

크레아는 제자리에 털썩 주저앉더니 반 토막 나버린 성검 글로리아의 검신을 멍하니 바라보고만 있었다.

"우습군."

카일은 크레아의 머리 위에 손을 가져가더니 수십여 갈래로 뿜어져 나온 어둠의 기운으로 그녀를 휘감았다.

"아, 안 돼!"

뒤늦게 정신을 되찾은 크레아가 다시 한 번 검자루를 강하게 움켜쥐며 섬광을 뿜어내려고 했지만, 자신을 꽁꽁 둘러싼 어둠의 기운에 차차 힘을 잃어버렸다.

툭.

빛을 잃은 성검 글로리아가 땅바닥에 떨어졌다.

그리고 어둠의 기운이 그녀를 중심으로 소용돌이치더니 거대한 다크홀을 형성했다.

"맘껏 악몽을 즐겨라."

크레아는 어둠의 기운에 묶인 채로 발버둥 쳤지만 땅바닥 아래로 천천히 빨려 들어가는 상황에서 벗어나긴 무리였다.

"시… 싫어… 오지 마… 꺄아아악!"

비명 소리와 함께 크레아가 어둠 속으로 끌려갔다.

크레아가 허무하게 사라지자 둘의 대결에 끼어들지 못하

고 멀리서 바라보던 빛의 군대는 절망에 빠져 침묵을 지켰다.

콰앙!

직선 형태로 멀리 뻗어 나간 어둠의 기운이 폭발하며 빛의 군대 진영을 반으로 갈라 버렸다.

"자, 다음은 누구지?"

질문에 대답이 없자 카일은 더 이상 상대를 고르지 않기로 결정했다. 눈에 띄는 모든 생명체를 죽이라고 그 안에 머물고 있는 어둠이 명령했다.

2

"으아악!"

"사, 살려줘! 으아아아!"

아르키어스 평원 중심부를 주축으로 다크홀이 동시에 수십 개 넘게 생성되더니 인간들은 물론 후퇴 중이던 몬스터들까지 마구 빨아들였다.

순식간에 수천에 달하는 인간과 몬스터들이 어둠 속으로 사라졌다. 그리고 다크홀에서 뿜어져 나온 피 웅덩이가 서로 합쳐져 대지를 붉게 물들였다.

"하하, 하하하, 하하하하……."

종족을 가리지 않고 울려 퍼지는 비명 소리를 귀로 즐기며 카일은 광소했다. 그리고 대검을 마구 휘두르며 어둠의 기운을 사방으로 뻗어 보냈다. 다크홀을 운 좋게 피한 자들의 머리 위로 어둠이 덮치더니 고통과 공포를 동시에 느끼며 산산조각 났다.

"아… 안 돼……."

피 웅덩이 안에 서로 뒤엉킨 인간과 몬스터들의 시체를 바라본 페이서의 입에서 탄식이 흘러나왔다.

페이서는 무릎을 꿇더니 두 눈을 감고 고개를 숙였다. 어둠으로 변해 무차별적인 살육을 벌이는 친구의 모습을 더 이상 지켜볼 수 없었다.

이전에도 페이즈 3에 들어서서 아군과 적을 구별 못하는 경우는 몇 차례 있었지만, 매번 페이서가 고전을 거듭하며 카일을 상대했다. 이런 식으로 수많은 인간을 죽인 경우는 단 한 번도 없었다.

"신이시여!"

페이서는 양손을 땅바닥에 댄 채로 고개를 들어 외쳤다.

"단 한 순간만이라도 좋습니다! 그러니, 제발 저에게… 저에게! 잃어버렸던 빛의 힘을!"

하지만 페이서의 울부짖음에도 빛의 힘은 돌아오지 않았다.

페이서는 포기하지 않고 계속 신을 향해 목청껏 외쳤지만,

돌아오는 대답은 여전히 없었다.

슈우우웅!

빛에 휘감긴 세 발의 발리스타가 동시에 발사되어 카일에게 명중되었다. 뒤이어 화살비가 카일을 향해 마구 쏟아졌다.

"가소롭군."

콰앙!

멀리서 폭발한 어둠의 기운에 휩싸여 발리스타의 파편이 하늘을 향해 높이 솟구쳤다. 화살을 다급히 재장전하던 궁병들의 진형이 새롭게 생성된 다크홀로 인해 일순간에 와해되었다.

"하하, 하하하하!"

페이서가 원했던 신의 대답 대신 카일의 광소만이 귓가에 맴돌았다. 평원에 허락된 색은 죽음을 상징하는 피와 어둠뿐이었다.

결국 페이서는 더 이상 신을 향해 외치지 않았다.

"제발, 나에게… 제발! 다시는 빛의 힘을 쓰지 못해도 상관없어! 카일을 구할 힘을……! 옛날처럼!"

페이서의 주먹 쥔 두 손이 부들부들 떨었다.

자신을 몰락시킨 모르드 왕국에 대한 복수 따위는 잊어버렸다.

빛의 힘을 잃은 자신을 외면한 이들에게 보란 듯이 재기하는 모습을 보여주고픈 욕망마저 버렸다.

그가 바라는 것은 오직 하나, 어둠에 지배당한 자신의 친구를 옛날처럼 되돌리고픈 소망뿐이었다.

바로 그때.

페이서의 시야가 어둠이 아닌 빛으로 서서히 뒤덮였다.

"아……?"

하늘에서 페이서를 향해 쏘아진 빛의 기둥이 점점 넓게 퍼져 나가며 어둠을 밀어냈다. 그러자 마구 소용돌이치던 무수한 다크홀이 빛에 침식되어 사라져 갔다.

"이건… 설마!"

피로 흠뻑 젖었던 붕대가 저절로 풀리더니 관통상을 입었던 어깨에 새살이 돋아나며 순식간에 완치되었다. 그를 휘감은 충만한 빛 속에서 낯설면서 동시에 익숙한 느낌이 전신을 휘감았다.

고대 신전 최하층에서 발견했던, 빛의 힘이 담긴 수정구에 손을 댔을 때의 감각이 되살아나며 심장이 격하게 박동했다.

"그래, 이거였어."

20년도 전의 기억이 찬란한 빛 속에서 하나씩 떠올랐다.

냉철했지만 그 누구보다 동료들을 위해 헌신했던 제럴드.

엘레힘 교단이 아닌 같은 목적 아래 뭉친 동료들을 위해 최선을 다했던 카트리나.

그리고… 일부러 페이서에게 빛의 힘을 선택하게끔 어둠의 힘을 먼저 취하며 입술 왼쪽 끝을 올리던 카일.

페이서는 오른손을 들어 얼굴 앞에 가져갔다. 손을 휘감고 있는 찬란한 빛은 이전에 잠시 나타났다가 사라진 빛의 힘이 아니었다.

암흑의 화신 제이블란트가 봉인된 이후 발휘된 적 없었던, 각성된 '빛의 힘'이었다.

"아아……."

그토록 원했던 빛의 힘이 몸 안에서 요동치자 저절로 흘러나온 눈물이 볼을 타고 아래로 흘러내렸다.

자기 자신을 위해서가 아니었다. 자신에게 있지도 않은 죄를 뒤집어씌우고 몰락시킨 모르드 왕국에 대한 증오 때문은 더더욱 아니었다.

스스로를 어둠에 빠뜨리면서까지 자신을 구하려고 하는 친구를 눈앞에 두고 보고만 있을 수 없다는 마음이 빛의 힘을 부활시켰던 것이다.

하지만 계속 감동에 빠져 있을 여유는 없었다. 페이서는 손등으로 눈물을 훔치고 떨어뜨렸던 검을 다시 움켜쥐었다.

파아앗!

검신은 물론 검자루까지 빛에 휩싸인 '빛의 검'이 그의 오른손에 자리 잡았다. 왼손에는 십자가 문양이 떠오르면서

'빛의 방패'가 형성되었다.

페이서는 몸을 일으킨 뒤 빛의 검을 앞으로 내밀었다. 과거에 그랬던 것처럼 페이즈 3에 들어선 카일을 상대하기 위해서였다.

"카일! 너의 상대는 나야! 나를 봐!"

페이서의 전신에서 뿜어져 나오는 빛은 카일의 시선을 끌기에 충분했다.

"이 기운은… 그래, 이거였어."

블랙아웃 모드에 매번 들어설 때마다, 그리고 페이즈 3까지 도달한 카일을 완전히 지배하려던 어둠의 기운이 갑옷 안에서 격하게 꿈틀거렸다.

"만나고 싶었다! 빛의 용사, 페이서!"

3

빛과 어둠이 다시 격돌하면서 아르키어스 평원의 살육은 중단되었다.

페이서가 카일을 상대하는 사이 인간과 마족 가릴 것 없이 서둘러 후퇴했다. 모르드 왕국 연합 부대는 본진이 있는 동쪽으로, 마족과 몬스터 군단은 서쪽으로 이동했다.

하지만 빛의 군대만은 후퇴하지 않고 둘의 대결에 끼어들지 않도록 조심스럽게 움직였다. 다크홀 안에 빨려 들어갔던 크레아를 찾기 위해서였다.

"크레아!"

마법사 쉘튼은 피 웅덩이 위에 누워 있는 크레아를 발견하자마자 병사들을 제치고 급하게 달려갔다.

"크레아! 괜찮아? 크레아!"

쉘튼은 크레아의 상체를 일으켜 세우더니 어깨를 붙들고 흔들었다. 로베르토의 경우와 달리 외상은 입지 않았지만, 힘을 잃은 그녀의 고개가 앞뒤로 흔들렸다.

"여… 여기는……."

"크레아!"

쉘튼은 눈물을 흘리며 크레아를 껴안았다. 죽은 줄만 알았던 크레아가 눈을 뜨자 쉘튼은 마법으로 변조된 남자 목소리가 아닌 원래 목소리가 나오는 것도 잊어버리고 외쳤다.

"나, 나는 분명히……."

다크홀에 빨려든 크레아는 악몽 속에서 귀를 틀어막고 비명만을 지르고 있었다. 꿈이 아닐까 생각했지만 쉘튼의 뺨을 타고 자신의 목에 떨어지는 눈물은 현실 속의 것이었다.

"저 빛은?"

멀리서 뻗어 나온 빛을 쫓아 크레아는 시선을 돌렸다.

찬란한 빛을 뿜어내며 카일과 맞서고 있는 페이서의 뒷모습이 눈에 들어오자 크레아는 자신도 모르게 오른손을 움켜쥐었다. 로베르토에게 일격을 맞고 쓰러졌던 그와 동일인물이라고는 도저히 생각할 수 없었다.

"쉘튼! 어떻게 된 거죠?"

"아무래도 페이서가 예전의 힘을 되찾은 것 같아."

"예전의? 그렇다면 진짜 빛의 용사로?"

카일의 광기 어린 어둠은 가까이에서 마주 보는 것만으로도 소름이 돋고 식은땀이 나게 만들었다. 하지만 페이서의 빛은 전혀 움츠러들지 않고 공격을 퍼부었다.

"저렇게 강할 줄이야… 으, 으윽!"

크레아의 시선이 페이서에게서 카일로 옮겨지자 애써 잊었던 공포가 되살아났다.

"꺄아아악!"

결국 그녀는 이성을 잃어버리고 비명을 질렀다. 양손으로 머리를 감싸고 쉘튼의 품에 파고들더니 고개를 마구 흔들었다.

'무서워… 끔찍해… 다시는 겪고 싶지 않아…….'

두려움에 자신감을 잃은 그녀의 코 안으로 몬스터들의 피 냄새가 파고들었다. 당장에라도 시체들을 뜯어 먹고 싶은 충동이 강렬히 일었지만, 다른 이들 앞에서 절대 보여줘서는 안 되는 모습이기에 이를 악물고 가까스로 견뎌냈다.

'이대로 망가져서는 안 돼. 저 어둠과 맞설 수 없다 해도 뭔가 해야 해······.'

크레아는 두려움 속에서도 자신이 뭔가 해야 한다는 사명감만큼은 잊지 않았다.

*   *   *

빛의 검에서 뿜어져 나온 섬광이 어둠을 가르고 길게 뻗어 나갔다.

콰앙!

카일이 섬광을 대검을 휘둘러 막자 폭발음과 함께 회색 연기가 그의 주변에서 마구 피어오르며 주위를 뒤덮었다.

짙은 연기가 시야를 가렸지만 두 남자의 공방전은 멈추지 않고 계속 이어졌다. 페이서의 몸 안에 커져 가는 빛의 힘과 칠흑의 갑옷과 투구 안에서 도사리고 있는 어둠은 서로가 어디 있는지 분명히 드러내 주었다.

쿵!

페이서가 빛의 방패로 지면을 내려찍자 그를 빨아들이려던 다크홀이 빛에 밀려 사라졌다.

"빛이여!"

빛의 방패를 형성하고 있던 빛이 사방으로 빠르게 퍼져 나가더니 거대한 빛의 장벽을 구현했다.

쉬이익!

어둠의 가시들이 빛을 뚫고 빠르게 뻗어 나갔다. 수십여 갈래로 나뉜 어둠의 가시는 빛의 장벽에 막혀 소멸되었지만 일부는 멀리 돌아가 페이서의 머리를 노렸다.

"……!"

페이서는 자신도 모르게 눈을 질끈 감았다.

하지만 어둠의 가시에 잘려 나갔을 거라 예상했던 목에는 아무런 상처 하나 없었다. 무의식적으로 들어 올린 빛의 방패는 그의 정면에 어떤 것도 뚫고 들어오길 거부했다.

'내가 이렇게 강했던가?'

빛의 힘을 다시 한 번 각성하면서, 그동안 쌓아 올렸던 노력의 성과가 한꺼번에 나타나자 페이서는 스스로가 너무나 낯설게 느껴졌다.

'그래도 정말 과거의 힘을 되찾을 줄이야……. 그동안의 노력은 결코 헛되지 않았어.'

검을 휘두를 때마다, 카일의 어둠을 이겨낼 때마다 20여 년 전의 자신으로 돌아가는 듯한 기분이 페이서를 흥분시켰다. 하지만 카일을 원래대로 되돌리는 게 목표이지, 죽여서는 절대 안 되기에 냉정함을 유지해야 했다.

"하아앗!"

다시 뻗어 나온 어둠의 가시를 피해 높이 뛰어오른 페이서가 빛의 검을 아래로 내려쳤다.

쿵!

카일은 대검을 비스듬히 옆으로 뉘여 페이서의 공격을 막아냈다. 카일의 두 발이 땅 아래로 푹 파고들더니 딛고 있는 지면 아래 균열이 사방으로 퍼져 나갔다.

"그래, 이거다… 이거야말로 내가 삼켜야 하는 빛의 힘이다!"

페이서의 검이 부서지면서 어둠으로 점철된 카일의 대검이 페이서를 멀리 밀어냈다. 카일과 거리를 벌리며 무사히 착지한 페이서는 눈동자를 빠르게 좌우로 굴리며 시야를 넓혔다.

사라지지 않고 남아 있는 빛의 장벽은 다섯 개.

이제 마지막 하나를 구현한 뒤 빛의 장벽들이 그려낼 육망성 안에 카일을 가두면 페이즈 3에서 벗어나게 만들 수 있다.

"자, 덤벼라!"

어느새 페이서 앞으로 다가온 카일이 페이서를 향해 빠르게 대검을 휘둘렀다. 새 검을 뽑아 든 페이서는 빛의 검으로 카일의 공격을 연이어 막아냈다.

"이런!"

검신 가운데에 금이 쫙 그어지자 페이서는 빛의 방패를 내밀며 방어에 치중했다. 왼쪽으로 돌면서 방향을 튼 페이서를 카일이 쫓아가며 연거푸 공격을 이어갔다.

보검이나 마검이 아닌 보통의 검으로 어둠의 기운을 오래 버티긴 무리였다. 반면 빛의 힘에 정면으로 타격받았음에도 카일의 대검에는 흠집 하나 생기지 않았다.

분명히 현재의 페이서는 완전히 빛의 힘을 각성시킨 상태였다. 하지만 이전과 달리 부족한 부분은 엄연히 존재했다.

'역시 성검 레디언스가 없으면……'

최강의 검 중 하나였던 성검 레디언스.

이전 크로이저 요새를 방문했을 때 어떻게 해서든 레디언스를 뽑아냈어야 했다는 후회가 밀려왔다.

"……!"

뒤편에서 날아온 섬광을 인식하고 페이서는 급하게 자세를 낮췄다.

팅!

카일의 대검에 팅겨 올라 회전하는 검을 페이서는 놓치지 않고 뛰어올라 잡아냈다.

"크윽?"

바로 그 순간, 페이서를 둘러싼 빛이 증폭되어 카일을 뒤로 물러나게 만들었다.

"이, 이건!"

검신의 반이 잘려 나간 성검 글로리아였다.

페이서가 뒤를 돌아보자 남은 힘을 짜내 성검을 던진 크레아가 기력을 잃고 다시 쓰러졌다.

"빛이여!"

파아앗!

빛의 검이 아까보다 3배는 더 길게, 예전 성검 레디언스로 구현했을 때와 똑같은 길이로 구현되었다.

아까 입은 타격 때문일까, 카일의 몸에서 뿜어져 나오던 어둠의 기운이 움츠러들면서 카일이 뒤로 물러섰다.

쿵!

빛의 방패를 내려찍은 페이서는 마지막 여섯 번째 빛의 장벽을 구현했다. 그리고 주문을 외우면서 양손으로 움켜쥔 성검 글로리아를 지면에 수직이 되도록 찔러 넣었다.

"카일! 제발 어둠에서 깨어나!"

페이서의 정면에 형성된 빛의 장벽에서 발사된 세 줄기의 빛이 각각 다른 빛의 장벽에 반사되면서 거대한 육망성을 그렸다.

우우웅…….

페이서의 머리 위 하늘에서 발사된 빛의 기둥이 대각선 아래로 이어지며 육망성 안에 있던 카일을 감쌌다.

"이… 이것은!"

카일이 걸치고 있는 칠흑의 갑옷과 투구에 수많은 균열이 일어나더니 그 사이로 빛이 파고들었다.

"제발! 카일!"

4

페이서가 유일하게 익힌 빛의 마법, 레디언스(Radiance)가 아르키어스 평원을 빛으로 감쌌다.

그 빛의 중심에 있던 카일의 손에서 대검이 아래로 툭 떨어졌다.

후두둑…….

빛의 힘에 수백여 조각으로 갈라진 칠흑의 갑옷이 서서히 무너져 내리더니 투구도 함께 파편으로 나뉘어 땅바닥에 떨어졌다.

그리고 카일을 둘러싸고 있던 어둠의 기운이 몸 안으로 빠르게 스며들더니 이내 모습을 감추었다. 동시에 평원을 뒤덮었던 빛도 함께 사라졌다.

"여긴… 그래, 그랬구나……."

두 눈을 천천히 뜬 카일은 원래대로 돌아간 목소리로 나직하게 읊었다.

"카일!"

페이서는 재빨리 카일에게 달려가 그의 앞에서 멈춰 섰다.

"카일! 괜찮아? 날 알아보겠어?"

"빛의 검과 방패… 너, 결국 해냈구나."

페이서의 오른손과 왼손을 번갈아가며 쳐다본 카일의 입가에 옅은 미소가 떠올랐다.

"고마워, 페이서. 이번에도 날 구해줬구나."

"아니야… 구원받은 쪽은 바로 나야……."

"그거 남자끼리 주고받기엔 너무 끈적한 말이잖아?"

카일의 농담에 페이서는 당장에라도 터져 나올 것 같은 눈물을 억지로 참으며 카일의 양어깨를 붙들었다.

어둠에서 친구를 다시 구해냈다는 안도감과 그토록 갈구했던 빛의 힘을 각성시켰다는 기쁨에 페이서는 결국 참았던 눈물을 흘렸다.

"나, 나는… 정말로 네가… 어떻게 되는 줄……."

페이서는 울먹이며 말을 제대로 잇지 못했다.

카일은 그런 페이서의 어깨를 다독이며 주위를 둘러보았다.

수많은 시체에서 어둠의 기운이 남긴 흔적이 느껴지자 카일은 눈을 질끈 감았다. 이전까지 페이서의 도움으로 피할 수 있었던 학살극이 결국엔 일어나고 말았다.

다시 눈을 뜬 카일의 시야 저편에서 누군가가 다가왔다.

여기저기 찢겨진 백색의 법의를 걸친 리에트의 걸음걸이
는 매우 지쳐 보였다.

"카일……."

페이서와 카일 옆으로 다가온 리에트는 손을 천천히 뻗었
지만 카일의 뺨에 닿기 직전 황급히 거뒀다.

그러자 이번엔 카일 쪽에서 리에트의 머리를 향해 왼손을
내밀었다. 리에트는 순간 눈을 질끈 감았지만, 머리를 쓰다듬
은 손이 이전과 같다는 걸 알자 천천히 눈을 떴다.

"걱정시켜서 미안해."

"돌아왔어… 카일이, 돌아왔어."

항상 무표정했던 리에트의 입술이 부르르 떨렸다.

그녀는 가슴속에서 벅차오르는 감정을 밖으로 드러내고
싶었지만 결국 더 이상 뭔가 표현하지 못하고 두 눈을 감을
뿐이었다.

"카일! 괜찮습니까?"

"페이서!"

등 뒤에서 들린 제럴드와 코델리아의 목소리에 카일은 안
도의 한숨을 길게 내쉬었다.

"이제 다른 공작들이 오더라도 믿고 맡길 수 있겠구나."

카일은 페이서의 어깨에 올렸던 양손을 내리더니 대신 그
의 왼쪽 어깨에 얼굴을 기댔다.

"그러니… 좀 쉴게."

기력을 소진한 카일이 몸이 앞으로 푹 숙여지자 페이서는 그를 품에 안고 등을 쓰다듬어 주었다.

"다가오지 마십시오!"

둘의 대화가 진행되는 사이 조용히 거리를 좁히며 다가오던 빛의 군대가 페이서의 일갈에 동작을 멈췄다.

"이곳에서의 전투는 이제 끝났습니다. 물러서십시오."

페이서의 오른손에서 뿜어져 나온 빛의 검이 다시 한 번 평원 정중앙을 밝게 비추었다.

결국 빛의 군대는 크레아를 부축해 후퇴하기 시작했다. 부활한 빛의 힘을 손에 넣은 그에게 감히 다가오는 자는 아무도 없었다.

Chapter 39
부끄러움을 모르는 자들

흑암의 귀환자

1

"하아……."

카일은 자신을 둘러싼 어둠 속에서 길게 한숨을 내쉬었
다.

블랙아웃 모드에 들어선 이후 의식을 잃을 때마다 그를 맞
이한 어둠은 그저 지루할 뿐이었다.

어차피 현실에 아무런 영향도 주지 못하는 꿈속이었기에
뭐든지 하고 싶었다. 하지만 자신을 제외한 아무도 없는 공간
에서 할 수 있는 건 하나도 없었다.

결국 카일은 그저 매번 자신을 유혹하던 목소리가 나타나

기만을 기다렸다. 하지만 평소와 다르게 그의 귀엔 아무것도 들리지 않았다. 보지도 못하고 듣지도 못하는 공간 속에서 하염없이 시간이 지나갔다.

「오래간만에 맛본 진정한 어둠은 어떠했나?」

얼마나 시간이 흘렀을까.

지루함과 침묵을 깨뜨리고 귓가에 울린 유혹의 목소리에 카일은 일부러 대답하지 않았다. 하지만 전과 달리 그의 마음속에 자리 잡은 호기심을 목소리의 주인 쪽에서 먼저 파악했다.

「이전과는 반응이 다르군. 역시 진정한 과거를 봤기 때문인가?」

'진정한' 이란 단어에 카일의 미간이 살짝 좁혀졌다가 원래대로 돌아갔다.

「아직 경계심은 남아 있군. 그럴 거라 예상했다.」

"설마 네가 지겹게 보여준 그 환상이 사실이라는 말은 아니겠지?"

코웃음 소리를 내며 카일이 비아냥거리자 유혹의 목소리는 대답 대신 입을 다물었다.

침묵이 이어지자 답답해지는 쪽은 카일이었다. 하지만 그는 답답함을 억지로 참으며 대답이 돌아오길 기다렸다.

「그 환상을 진실로 받아들인 건 결국 너다, 카일.」

"……."

「그리고 넌 이전과 달리 아주 쉽게 진정한 어둠 속에 빠져들었고. 그렇지 않은가?」

블랙아웃 모드의 페이즈 3에 들어서기 위해선 극도의 분노와 증오가 필요했다. 그렇기에 페이즈 2 상태에 오래 머물면서 의도적으로 분노와 증오를 끌어 올린 후에야 진정한 어둠에 발을 디딜 수 있었다.

하지만 이번처럼 그저 머릿속에 떠오른 환상을 받아들인 것만으로 페이즈 3에 돌입한 적은 처음이었다.

「난 어디까지나 네가 기억하고 있는 장면들을 되살렸을 뿐이다. 어설픈 거짓이나 조작은 너에게 통하지 않으니까.」

이번에는 카일 쪽에서 입을 다물었다.

스승 크로이드에게 들었던 이야기가 머릿속에 계속 맴돌았다. 그가 진실로 받아들이고 있는 기억과 이제까지 환상이라 여겼던 거짓들이 서로 뒤엉키더니 뿌연 안개가 낀 것처럼 희미해졌다.

「그것보다, 어땠지? 인간의 피 맛은. 몬스터나 마족보다 훨씬 각별하지 않았나?」

"닥쳐."

「너의 본성을 거부하지 마라. 애당초 네가 죽여야 할 상대는 마족이나 몬스터가 아니라 인간이었어. 그동안 운 나쁘게 피해왔던 것이지.」

"난 닥치라고 말했어."

유혹의 목소리는 카일의 귓가에 맴돌면서 짜증을 유발시켰다.

결국 카일은 검을 뽑아 들었지만, 어둠만이 가득한 공간에서 자신 말고 다른 존재의 위치를 파악하긴 무리였다.

무엇보다 꿈속에서 뭘 하든 간에 현실에는 조금도 영향을 끼치지 못한다.

"잠깐, 네 목소리… 그리 낯설지 않은데?"

「당연한 거 아닌가?」

"아냐. 그런 의미가 아니야. 분명히 들어본 적이 있는 목소리였어. 그게 아마……."

희미했던 기억이 선명해지며 20여 년 전으로 되돌아갔다.

젊었던 페이서와 제럴드, 그리고 아직 10대 소녀였던 카트리나의 얼굴이 차례대로 떠오르면서 치열한 전장 속에 들어가 있는 자신을 발견했다.

하지만 회상은 더 이상 진행되지 못했다. 멀리서 희미하게 빛이 뿜어져 나오며 어둠을 걷어내기 시작했다.

「아쉽군. 다시 널 만날 날을 기대하겠다.」

"기다려! 대답은?"

「널 다시 만나게 될 때 자연스럽게 모든 궁금증이 풀릴 거다. 대답이 굳이 필요할까?」

카일은 목소리가 들리는 방향으로 뛰어갔다.

그러나 각기 다른 방향에서 들리는 목소리를 쫓다 보니 결국 제자리로 돌아올 뿐이었다.

「자, 다음을 기대하겠다. 그때가 온다면 네가 내 손에서 벗어날 수 있을 거라 기대하지 마라.」

2

엘레힘 신성력 1327년 9월 19일.

어둠이 사라지면서 카일의 시야에 들어온 건 막사의 천장이었다. 몸을 뒤척이자 드러누운 그의 등에 나무 침대의 딱딱한 느낌이 고스란히 전달되었다. 카일은 모포를 걷어내고 침대에 걸터앉았다.

"여긴……."

어디인지 알 수 없었다.

뒤를 돌아보자 의자에 등을 기댄 채 잠들어 있는 페이서가 있었다. 카일은 그의 앞으로 걸어가 어깨를 흔들어 잠을 깨웠다.

"넌 뭘 했길래 이렇게 불편하게 자고 있어?"

"카일?"

"그래, 나다."

페이서는 두 눈을 깜박이며 멍하니 카일을 올려다봤다. 잠시 후 정신을 번쩍 차린 페이서가 의자에서 확 일어서더니 카일의 양어깨를 강하게 붙들었다.

"깨어났구나! 괜찮아?"

"한두 번 이런 것도 아닌데 웬 호들갑이야?"

"그래도……."

"그것보단 네 상태부터 확인해 봐야겠어."

카일은 자신의 왼쪽 어깨에 올린 페이서의 오른손을 붙들었다.

"다행이야, 꿈이 아니었어."

페이서의 손을 통해 빛의 힘이 분명히 느껴졌다. 정신을 잃기 전 봤던 페이서가 환상이 아닌 현실이었음을 다시 한 번 확인했다.

"도대체 몇 년 만이야? 2년 좀 넘었나? 아니다, 22년이겠구나."

"고마워. 네가 아니었으면 다시 각성하긴 무리였을 거야."

절망과 고통 속에서 망가져 갔던 페이서는 더 이상 없었다.

과거의 힘을 되찾은 페이서를 보자 카일의 입가에 미소가 떠올랐지만, 이내 미소가 사라지면서 표정이 어두워졌다.

페이서가 빛의 힘을 각성시켜 자신을 원래대로 되돌렸다

는 것은 페이즈 3 상태에서 카일이 벌인 살육 역시 현실이라는 이야기였다.

'결국 저지르고 말았어.'

차라리 기억에 없다면 모르겠지만, 페이즈 3에 들어선 이후 어둠에 지배된 상태에서 저지른 일들이 머릿속에서 하나하나 순서대로 되살아났다.

'그런데… 이상해. 왜 생각보다 괴롭지 않지?'

분명히 자신이 해서는 안 되는 짓을 저질렀다는 자각 자체는 있었다. 문제는 어둠에 지배된 상태에서 죽인 인간들을 떠올려도 죄책감이 크게 느껴지지 않는다는 것이다. 반대로 이제까지 그의 대검에 무수히 쓰러진 마족과 몬스터들에 대해 이유를 알 수 없는 감정이 몰려왔다.

이제까지 겪어본 적 없는 혼란스러운 감정에 카일은 표정을 굳혔다. 페이즈 3에 들어선 후유증이라고 여기기엔 이런 적 자체가 없었기에 머릿속의 혼돈이 쉽사리 사라지지 않았다.

바로 그때, 막사 입구를 젖히고 로브 차림의 남자가 안으로 들어왔다.

"카일, 이제야 깨어났군요. 도대체 걱정을 얼마나 시키려고 또 그런 겁니까?"

"잔소리는 지겨우니 그만둬. 그래, 이번엔 며칠 지났……."

제럴드를 알아보고 손을 들어 가볍게 인사하려던 카일의 표정이 일순 심각하게 변했다.

"제럴드, 너!"

카일이 제럴드의 양어깨를 강하게 붙들었다. 두터운 띠로 칭칭 감은 두 눈을 보는 것만으로도 더 이상의 설명은 필요 없었다.

'디케이드의 말이 진짜였다니… 역시 그때 죽여 버렸어야 했나?'

아무리 정황상 그냥 보내줄 수밖에 없었다 하여도 제럴드가 앞을 못 보는 신세가 되자 카일의 마음속에서 분노가 끓어올랐다. 정작 당사자는 아무렇지 않은 표정이었지만.

"저를 위해 분노해 주는 건 기쁘지만 그럴 필요까진 없습니다."

"어? 잠깐, 앞이 안 보일 텐데 내 표정을 어떻게 읽은 거야?"

제럴드는 머리띠로 칭칭 감긴 눈을 가리키더니 그다음엔 가슴 정 가운데를 쿡쿡 찔렀다.

"제가 그 남자에게 딱히 화내지 않는 이유가 바로 이거입니다. '마나의 눈'을 통해 이전엔 볼 수 없었던 부분까지 볼 수 있게 되었으니까요."

제럴드는 디케이드로 인해 두 눈을 잃었지만 그 이상의 것을 얻게 되었다. 게다가 페이서가 다시 빛의 힘에 완전히 눈 뜨도록 이끈 이들 중 하나는 다름 아닌 디케이드였다.

"그래도 이건 심하잖아. 자기 자신한테까지 그렇게 냉정할 필요는 없어."

"칭찬으로 받아들이겠습니다."

"휴우… 네가 그렇다면 어쩔 수 없지. 그런데 왜 이렇게 늦었던 거야? 역시 그 눈 때문이지?"

"스승님의 마지막을 배웅하기 위해서였습니다."

제럴드는 고개를 천천히 들어 올리며 시선을 위로 향했다. 그리고 허리에 차고 있는, 제이스가 손수 만들어줬던 마법서 '베이그란트의 서'를 어루만졌다.

"설마 제이스 님이…… 아, 미안."

"이제 보니 당신은 감정에 비해 표현이 매우 서투른 편이로군요."

뒤통수를 긁적이는 카일의 모습은 눈에 보이지 않았지만 그의 몸속 마나의 흐름이 변화하는 걸 보고 마음속을 더 상세히 파악할 수 있었다.

"그런데 너 정말 뭐랄까, 대단해. 그 말 말고는 떠오르는 게 없어."

눈을 잃고, 그다음엔 스승까지 잃었으면서 이전과 다를 바 없이 상황을 파악하는 냉철함에 카일은 혀를 내둘렀다.

아니, 예전보다 더 차가워진 느낌에 씁쓸함마저 느껴졌다. 분노라는 감정에 워낙 익숙한 자신과 달리 분노 자체를 표출하지 않는 친구가 안쓰러울 뿐이었다.

"카일!"

그때, 막사 입구가 젖혀지면서 갑자기 달려온 여성이 카일의 품에 안겼다. 다짜고짜 자신의 가슴에 얼굴을 파묻은 그녀에 카일은 당황했지만, 길게 자라난 은발을 보고 가볍게 미소 지었다.

"언제 도착했어?"

"어제… 막… 도착했어요. 정말, 정말로 괜찮은 거죠?"

양팔로 카일을 꽉 붙든 카트리나의 어깨가 들썩거렸다.

그녀가 억지로 울음을 참고 고개를 들자 카일은 오른손 검지로 카트리나의 눈물을 닦아주며 엄지로 자신을 가리켰다.

"날 보라고."

카트리나는 양손을 위로 뻗어 카일의 얼굴을 매만졌다. 손에 느껴지는 온기가 환상이 아닌 현실의 카일이라고 알려줬지만, 격해진 감정은 좀처럼 가라앉지 않았다.

결국 카일은 자신에게 안겨 흐느끼는 카트리나가 진정될 때까지 등을 가볍게 두들겨 주었다.

"이로써 우리 넷이 다 모였어. 도대체 몇 년 만이야?"

석화에서 풀려난 지 2년도 더 지났지만, 본의 아니게 떨어져 움직여야 했던 네 명이 드디어 한자리에 모였다.

"이런 날이 올 거라 난 반드시 믿었고 결국 진짜 왔어. 너희들, 정말 대단해."

실버윙즈를 결성한 카트리나.

마나의 특화를 완전히 이룬 제럴드.

그리고 빛의 힘을 되찾은 페이서.

잃어버린 과거를 되찾기 위한 동료들의 노력은 결코 헛되지 않았다.

방금 전 겪었던 혼란을 완전히 잊어버린 카일은 세 동료의 얼굴을 번갈아가며 쳐다보았다. 석화에서 풀려난 직후 한 명씩 만났을 때의 실망과 좌절은 더 이상 없었다. 나이가 들고, 시력을 잃기도 했지만 결국 과거의 힘을 되찾고 만나게 되었다.

"카일……."

"어? 너도 있었어?"

막사 입구에 얼굴만 살짝 내민 리에트를 카일이 손짓해서 불렀다. 카트리나는 카일의 품에서 벗어나 옆으로 자리를 옮겼다.

리에트와 카트리나의 시선이 서로 마주치자 묘한 침묵이 감돌았다.

"아, 서로 초면이겠지? 리에트, 이쪽이 내가 말했던 카트리나야."

"카트리나?"

리에트는 조심스럽게 걸음을 옮기더니 카트리나 앞에서
멈춰 섰다. 그리고 얼굴을 카트리나의 목 부근에 가까이 대더
니 체취를 맡기 시작했다.

"리, 리에트?"

갑작스러운 돌출 행동에 카일이 리에트를 제지하려고 했
지만, 카트리나는 괜찮다며 가만히 놔두라고 손짓했다.

리에트는 고개를 들어 카트리나와 눈높이를 맞추더니 돌
연 그녀를 껴안고 눈을 감았다.

"따뜻해."

얼굴을 카트리나의 왼쪽 어깨에 걸치고 뺨을 비비는 리에
트의 행동을 남자 세 명이 가만히 지켜보기만 했다.

"그리고, 익숙해……."

3

"그랬군."

페이서는 길게 한숨을 내쉬더니 막사의 천장 쪽으로 시선
을 돌렸다.

"정말 미안해요."

"아니, 어차피 20년도 전의 이야기이니 사과할 필요는 없어. 무엇보다 나 혼자만 고생한 것도 아니고 다들 험난한 시간을 겪었으니 누굴 탓할 일도 아니지."

"그래도… 정말 미안해요. 그 말밖에 떠오르지 않는군요."

카트리나는 이야기를 하는 내내 고개를 단 한 번도 들지 못했다.

탁자를 사이에 두고 의자에 앉은 세 명의 남자는 카트리나의 뒤늦은 고백을 담담한 표정으로 듣고 있었다. 그녀의 목소리가 밖으로 새어 나가지 않도록 제럴드의 마법이 막사 주위를 감싸고 있었다.

그녀 자신이 교단에 의해 인위적으로 창조된 존재였다는 말에서 시작된 이야기는 봉인의 열쇠가 되었어야 하는 운명을 거부했던 20여 년 전까지 이어졌다.

"역시 그때 내가 레디언스로 제이블란트를 봉인했어야……."

"아니에요. 저야말로 그때……."

"어이, 그런 말은 둘 다 하지 마. 그랬으면 이 자리에 나와 제럴드 단둘만 있었을지도 모른다고. 20년 동안이나 평화롭게 지냈으면서 그 뒤를 생각 않고 허송세월한 다른 놈들이 문제지. 그래, 예를 들면 그 망할 모르드 왕국이라든가."

카일은 단호한 어조로 둘의 말을 도중에 끊었다.

"죄책감은 져야 할 사람이 져야 하는 거야. 무슨 말인지 알 겠지?"

페이서와 카트리나는 서로 얼굴을 마주 보더니 동시에 고 개를 끄덕였다. 제럴드는 카트리나의 이야기를 곱씹으며 홀 로 생각에 잠긴 모습이 사뭇 진지했다.

리에트는 이야기가 진행되는 내내 카트리나 옆에 바짝 달 라붙어 있었다. 아무것도 모른다는 얼굴로 상대방의 온기를 느끼는 모습이 카일과 처음 만났을 때로 돌아간 느낌이었다.

"카트리나, 당신의 상처를 헤집는 결과가 될지 몰라도 교 단의 비밀 연구에 대해서는 파헤칠 필요가 있습니다."

"네, 그래야 하겠죠."

카트리나의 이야기가 이어지는 내내 침묵만 지켰던 제럴 드가 처음으로 입을 열었다.

"그리고 카일, 리에트 양을 처음 만났을 때 아무런 이유도 없이 당신을 따랐다고 들었습니다만."

"응. 맞아."

"카트리나의 이야기를 듣고 나니 그 이유가 뭔지 알 것 같 습니다. 어둠의 힘에 즉각적으로 반응했지만, 당신은 인간이 니 절대 죽여서는 안 되는 대상이지요. 그렇게 상반된 감각으 로 인해 발생한 것이 호기심이냐, 아니면 애정이냐의 분석까 진 잘 모르겠지만 어찌 됐든 간에 당신에게 끌릴 수밖에 없었다… 가 제가 내린 결론입니다."

애정이라는 단어가 언급되자 카트리나의 얼굴이 살짝 붉어졌다. 하지만 어느새 자신의 무릎 위에 머리를 뉘인 리에트를 보자 부끄러움 대신 안쓰러움이 느껴졌다.

"이 아이가 교단 소속이었다면, 저와 같은 운명을 지녔을지도 몰라요. 지금 저에게 이렇게 친근하게 다가온 이유도 저에게 동질감을 느꼈기 때문이겠죠."

카트리나는 리에트의 머리카락을 부드럽게 쓰다듬었다. 자신의 은발과 다른 흑발이 왠지 모르게 부러웠다.

"아! 만나면 가장 먼저 물어보려고 했는데 잊고 있었어. 제럴드, 왜 하필 이 부근에서 만나자고 편지를 보냈어?"

"그건 말입니다……."

제럴드는 카일의 필체로 적힌, 그러나 카일이 쓴 적이 없는 편지를 탁자 위에 꺼냈다. 카일은 당연히 영문을 알 수 없다는 표정으로 편지 내용을 읽었고, 제럴드의 설명이 끝나자 인상이 마구 구겨졌다.

"제길, 모르드 왕국의 수작이었어?"

"하지만 결국 손해는 그쪽만 봤습니다. 먹히지 않는 계략은 쓰지 않는 것만 못하니까요. 마족 측 역시 극심한 손해를 입었습니다. 헤리온마저 본격적으로 전투에 끼어들었다면 몰랐겠지만, 결국 코델리아 님의 힘에 막혀 돌아가야 했으니… 결론은 저희가 이익만 골라서 쏙 빼먹었다고 봐도 됩니다."

"어, 잠깐. 그러고 보니 에르카이저는? 그 녀석까지 너와 코델리아 단둘이서 상대했던 거야?"

"아예 나타나지도 않았습니다."

"그렇게 큰 판에 그 녀석이 나타나지 않다니, 뭔가 꿍꿍이속이 있을 텐데?"

카일은 에르카이저가 나중에 나타날 것까지 감안해 페이즈 3에 돌입하는 모험을 걸었지만, 막상 그는 등장조차 하지 않았다는 사실에 맥이 빠졌다.

"나름 짐작되는 부분이 있지만, 그게 맞다면 저희로선 손 쓸 도리가 없습니다."

"엄청 심각한 문제로 번지는 건 아니고?"

"뭐, 아예 손 놓고 있었던 것은 아니니 저희 쪽으로 유리하게 전개되길 바라야겠죠. 그리고 최악의 상황이 된다 한들 과거의 반복일 뿐입니다."

제럴드는 다른 이들 몰래 '어디론가' 보낸 편지가 제대로 전달되었기만을 바랐다.

"현재로썬 저희가 할 수 있는 일을 하는 게 중요합니다. 다행히 페이서가 빛의 힘을 되찾았고, 그 외의 수확도 있으니……."

"그 외의?"

4

제럴드를 따라 들어간 포로 수용용 막사에서 카일은 의외의 여성을 만났다.

길게 자라난 금발은 마구 뒤엉켰고, 얼굴에는 크고 작은 흉터가 가득했다. 상체만 보면 인간이라 여길 법했지만, 허리 아래엔 인간이 아닌 말의 네 다리가 지면을 딛고 있었다. 어둠의 가시에 관통당한 그녀의 가슴엔 붕대가 둘둘 감겨져 있었다.

"너, 넌!"

카일을 알아본 여성, 켄타우로스 공작 안젤리카의 목소리에 분노가 서렸다.

안젤리카는 있는 힘을 다해 카일에게 달려들려고 했지만, 양손과 다리에 묶인 쇠사슬이 팽팽하게 당겨지며 그녀를 옭아맸다. 그녀는 계속해서 카일에게 다가가려고 힘을 썼지만 땅속 깊이 박힌 말뚝을 뽑아내기엔 무리였다.

"이게 네가 말했던 그 외의 수확이야?"

"네."

카일은 일부러 한 걸음 앞으로 내디디면서 안젤리카와의

거리를 좁혔다. 여전히 쇠사슬과 실랑이 중인 그녀와 카일의 얼굴 사이가 손바닥 하나가 들어갈 정도로 좁혀졌다.

"내 입으로 이런 말 하기 좀 그렇지만, 페이즈 3에 돌입한 날 상대하고도 살아남다니 정말 대단해."

"크윽……."

"비꼬는 걸로 들릴지 몰라도 솔직히 그 끈질긴 생명력만큼은 감탄스러워. 진짜야, 안젤리카 공주."

마법 처리가 된 족쇄가 마나를 억제하고 있기에 그녀가 할 수 있는 건 최대한 카일에게 다가가 분노를 발산하는 일 뿐이었다.

"아무튼 그 정신없는 와중에 용케도 이 공주를 포로로 잡았구나. 그 헤리온이라는 드래고뉴트를 상대하느라 정신없지 않았어?"

카일은 안젤리카와 눈싸움을 계속하면서 제럴드에게 질문을 던졌다. 이렇게나 적의를 노골적으로 보이는 상대는 참으로 오래간만이라 흥미마저 느껴졌다.

"저 역시 운이 좋았습니다. 헤리온이 퇴각한 직후 당신을 찾아가던 중에 추락한 저 공주를 발견했습니다. 물론 호위 병력이 있어서 다소 까다롭긴 했지만."

안젤리카가 추락한 장소에 모여 있던 그녀의 직속 부하들은 바로 옆에 설치한 포로 막사 안에 가둬놓은 상태였다. 과다 출혈로 죽기 직전의 그녀를 제럴드가 얼음의 기운으로 감싸 지혈시켰고, 포로로 잡되 한 나라의 공주로서 대접해 주겠다는 제안으로 부하들을 설득했다. 어차피 그녀의 부하들이 죽음을 각오하고 덤벼봤자 코델리아와 제럴드를 이기기엔 무리였기에.

"심문 같은 건 해봤어?"

"보다시피 부상이 워낙 심해서 치료될 때까지 놔뒀습니다. 그리고 마족의 내부 사정 같은 거야 그녀의 부하들을 추궁하는 쪽이 빠르니까요."

"하긴 윗대가리들이 세세한 내부 사정을 알 리 없잖아?"

"이, 이것들이……."

시선은 자신을 향하고 있음에도 제럴드와 태연하게 이야기를 주고받는 카일의 태도에 안젤리카는 극심한 모욕감을 느꼈다.

"차라리… 날 죽여라!"

차라리 고문을 가한다면 버틸 각오는 되어 있었다. 하지만 바로 눈앞에 찢어 죽여도 시원찮을 카일이 있음에도 아무것도 할 수 없는 자신이 너무나 원통했다.

"그건 곤란합니다. 당신이 마족 공작이기 이전에 한 나라의 공주라는 걸 명심하십시오. 당신을 이렇게 포로로 잡아두고 있는 것만으로도 저희에겐 이득입니다."

제럴드가 조금의 감정 변화 없이 차분한 어조로 대답하자 안젤리카는 조용히 입을 다물었다.

그러자 카일이 오른손 검지를 앞으로 내밀더니 안젤리카의 이마를 살짝 뒤로 밀었다.

"그리고 말이야… 너, 내 손에 죽은 네 부하들의 복수는 안 할 거냐? 네 부하들 목숨이 그렇게 싸구려였어? 게다가 아직 살아 있는 부하들이 네 옆 막사에 포로로 잡혀 있다는 걸 잊지 말라고. 지금이야 가만히 놔두고 있지만 언제 고문이 시작될지 몰라. 너 같은 타입은 자신보다 부하들이 고통받는 걸 견디지 못하잖아? 승자에게 너무 자비를 기대하진 마."

"……"

"포로면 포로답게 얌전히 굴어. 지금 네가 날 상대로 화내 봤자 이득될 게 하나도 없다고. 그리고 넌 못 느끼는 모양인데, 그래도 공작이니까, 공주니까 대접해 주고 있는 거야. 애초에 극심한 부상을 입은 적은 웬만해서 포로로 잡지도 않는다고. 숨통을 끊어 더 이상 고통받지 않도록 자비를 베풀어준다면 모를까."

도발이 섞인 카일의 지적에 안젤리카는 이를 악물었다.

자신의 태도에 따라 같이 붙잡힌 부하들의 처지가 바뀔 수 있다는 일침에 어떻게 해서든 분노를 가라앉혀야 한다는 걸 의식했기 때문이다.

"자, 그러면 개인적인 감정싸움은 이 정도로 해두자고. 제럴드, 그래도 명색이 적의 사령관을 잡아왔는데 심문 정도는 해줘야지?"

"알겠습니다."

제럴드는 의자에서 일어나더니 작은 나무 상자를 의자 위에 내려놓았다. 검은색 가죽 장갑을 양손에 낀 제럴드가 상자를 열자 날카로운 칼과 집게, 그리고 여러 가지 굵기의 바늘들이 빛에 반짝거렸다.

"어이, 그건 심문이라기보다……."

고문할 작정이 아니냐며 카일은 제럴드의 오른손을 붙들었지만 이내 도로 떼어냈다. 뼛속까지 얼어붙을 정도의 한기가 제럴드의 몸에서 서서히 흘러나오고 있었다.

"안젤리카 공주, 당신에게 묻겠습니다. 지금으로부터 2년 전 겨울, 카르디스 평원에서의 전투 때 제이스라는 이름의 마법사를 상대한 적 있었습니까?"

"카르디스 평원? 제이스?"

카르디스 평원은 그녀의 첫 참전이 이뤄졌던 장소라 기억에 확실히 남았다.

하지만 제이스라는 이름은 처음 들었다. 대신 마법사라는 단서에 그녀는 기억을 더듬어 당시의 전황을 찬찬히 떠올렸다.

"아, 혹시 그때……."

부하들과 함께 평원을 향해 돌진했을 때 대부분의 인간은 도망쳤지만, 유일하게 그녀를 막아섰던 노인이 문득 떠올랐다. 애당초 그녀의 선제공격 자체가 인간 측 마법사를 노렸던 것이기에 기억은 더욱 선명해졌다.

"이름은 모르지만 노년의 마법사와 상대한 적은 있었다."

"그를 어떻게 했습니까?"

제럴드는 끝부분만 갈고리처럼 휘어진 칼을 집어 들더니 가볍게 한 바퀴 돌렸다. 칼 표면에 내려앉은 서릿발이 보는 것만으로도 피부에 소름이 돋게 만들었다.

"확실하게 승부를 내진 못했다. 내 공격에 부상을 입긴 했어도 끈질길 정도로 결정타는 피했으니까. 지금 돌이켜 보니, 그의 목적은 인간 측 병력이 후퇴할 시간을 버는 거였다고 생각된다. 전황 자체는 이미 어둠의 후예 쪽으로 기운 지 오래였으니까."

'부상'과 '결정타'라는 두 단어에 제럴드가 돌리던 칼의 회전이 한 번씩 멈췄다.

"확실합니까?"

"너희 인간들이 믿든 안 믿든 난 사실만을 말했다."

제럴드가 물어본 내용 자체가 마족 측의 중요 정보와 거리가 멀었기에 안젤리카는 거리낌 없이, 하지만 최대한 침착함을 유지하며 대답했다.

이런 식으로 중요하지 않은 사실을 계속 물어보다가 기습적으로 툭 내던지는 질문에 방심하지 않기 위해서였다.

"그렇다면 그 당시… 잠깐."

제럴드는 하던 말을 멈추고 막사 입구로 걸어갔다. 그러자 안으로 들어온 용병이 제럴드에게 뭔가 이야기한 후 밖으로 나갔다.

"카일, 아무래도 심문은 나중에 이어서 해야 할 것 같습니다."

"무슨 일인데? 또 마족이 쳐들어왔어?"

제럴드는 칼을 한 바퀴 돌리더니 상자 안에 집어넣었다.

"모르드 왕국에서 보낸 사신이 도착했다는군요."

"모르드 왕국? 하! 이제와 무슨 명분으로 낯짝을 디밀려고… 아니지."

카일은 기가 찼지만 이내 그럴 법하다고 생각을 바꾸었다.

이전과 달리 모르드 왕국에겐 명분이 분명히 생겼다. 그것도 카일 본인이 만들어 버린 명분이.

5

"다들 여기 계셨군요."

"오! 자네, 깨어났구먼!"

실버윙즈의 깃발이 펄럭이고 있는 막사 안으로 들어간 카일은 먼저 와서 앉아 있던 포르칸과 레이크, 그리고 제이콥스에게 가볍게 손 인사를 건넸다.

"포르칸 님, 제가 잠들어 있던 사이 큰일은 없었겠죠?"

"마족 병력은 하나도 없었지만 모르드 왕국 측 병사들이 남아 있긴 했지. 우리가 도착했을 땐 긴장감이 팽팽한 게 뭔가 터질 듯한 분위기였다네."

블랙아웃 모드에 들어간 후유증으로 잠들어 있는 카일 옆에 제럴드가, 그리고 뒤를 리에트가 지켰고, 정면을 페이서가 검을 내민 채로 모르드 왕국군의 접근을 일체 허용하지 않았다. 코델리아는 박쥐로 변해 먼 거리를 단숨에 이동, 서쪽에서 진군 중이던 실버윙즈와 접촉했다.

"코델리아를 보고 놀라진 않았습니까?"

"그 자네 스승 친구라는 뱀파이어를 예전에 만나서인지 부대 내 혼란은 생각보다 적었네. 아무튼 급히 아르키어스 평원으로 달려가느라 정신은 없었지만. 하하……."

"깨어나자마자 여러분을 먼저 뵈었어야 했는데 면목이 없군요."

"그런 소리 말게나. 아무래도 자네와 다른 세 분은 각별한 사이 아니겠나? 그래서 일부러 그분들과 이야기할 수 있도록

자리를 비켜줬지. 이 나이 되면 느는 거야 눈치밖에 더 있겠
나?"

그들 나름대로의 배려에 카일은 그저 씨익 웃을 뿐이었다.

"아, 레오나 경은 어떻게 되었죠?"

"그 아가씨는 지금 정신없이 바쁠 걸세. 다른 나라에서 온
사신들을 상대했거든. 아무래도 우리보단 그래도 제대로 기
사 과정을 거친 사람이 적격일 테니."

"다른 나라? 아니, 그것보다 레오나 경이 실버윙즈에 들어
간 겁니까?"

"어차피 모국으로 돌아가 봤자 험한 꼴 당할 거라고 말한
건 자네 아니었던가? 당분간은 우리와 함께 다니기로 했지.
그래도 입장상 전장에 직접 뛰어들긴 또 그러니 나중에 코르
테스 성으로 보내기로 했다네."

자신이 잠든 사이 뭔가 일이 빠르게 돌아간 듯해 카일의 머
릿속이 복잡해졌다. 그는 양손으로 관자놀이를 누르면서 생
각을 정리했다.

"그러니까, 모르드 왕국 말고 다른 나라에서 벌써 사신이
왔단 말이죠?"

"그렇다네. 어떻게 알고 왔는지 벌써 다섯 나라째야. 아무
래도 페이서 님이 빛의 힘을 되찾았으니… 대세가 이쪽으로
기울었다고 판단했겠지. 실제로도 그렇고."

기존의 조력자들을 제외한 타국의 지지를 얻기 위해 대륙을 떠돌았지만, 갑작스럽게 손을 잡자는 곳이 늘어나니 후련하면서도 동시에 시원섭섭한 기분이 드는 건 어쩔 수 없었다.

"역시 빛의 힘 쪽이 이해하기도 받아들이기도 쉬운 거겠죠."

카일의 푸념이 살짝 섞인 자조에 포르칸은 뭐라 할 말을 찾지 못했다. 다른 두 사람 역시 카일의 쓴웃음을 보며 침묵을 지킬 뿐이었다.

그렇게 분위기가 가라앉은 막사 안으로 페이서와 카트리나, 그리고 제럴드가 순서대로 들어왔다.

마지막으로 경호기사 둘을 대동하고 들어온 모르드 왕국의 사신에 모두의 이목이 집중되었다. 다들 의자에 앉았지만 사신과 기사들을 위한 자리는 없었다.

"어차피 당신네들과는 말 오래 섞기 싫으니까 본론만 말하십쇼."

카일은 탁자에 오른팔을 대더니 다리를 꼈다. 순간 사신의 얼굴에 노기가 어렸지만 막상 카일의 시선이 마주치니 눈을 피하며 들고 온 두루마리를 풀었다.

"저희 모르드 왕국 측에선 이번 아르키어스 평원에서의 승리를……."

"승리는 무슨? 우리가 이긴 거지. 그리고 본론만. 아니면

내가 직접 읽어줄까?'

카일이 손을 두루마리 쪽으로 쓱 내밀자 사신은 화들짝 놀라며 뒤로 물러섰다. 평소 같으면 카일을 제지했을 제럴드마저도 가만히 지켜보기만 했다.

"크흠! 다, 다시 읽겠습니다. 페이서 님께 모르드 왕국군을 총지휘할 수 있는 권한과 빛의 용사라는 칭호를 다시 부여하고, 모르드 왕국령 중······."

"하, 웃기는군."

보상이라고 내걸은 것들은 한결같이 카일의 비웃음만 유발했다.

모르드 왕국군의 지휘권은 반역을 일으키지 않는 이상 모르드 왕국에 충성을 다해야 한다는 족쇄에 불과했다. 빛의 용사라는 칭호는 애초에 모르드 왕국만의 전유물도 아니었기에 기가 찬 웃음만 흘러나올 뿐이었다. 모르드 왕국의 땅을 아무리 많이 줘봤자 지금 같은 전란에선 관리할 여유도 이유도 없다.

무엇보다 이제 와서 페이서의 이름 뒤에 '님'이라는 존칭을 붙였다는 점이 너무나 가증스러웠다.

"······마지막으로 기존에 내렸던 수배령을 거두어들이겠습니다. 이상이 저희 모르드 왕국에서 내건 조건입니다."

"그걸로 끝?"

결국 카일은 사신에게서 두루마리를 빼앗아 내용을 직접 차근차근 읽었다. 그리고 예상대로 페이서가 예전에 썼던 누명에 대해선 단 한마디의 언급도 없었다.

"이것 봐. 가장 중요한 걸 직접 우리 쪽에서 말해야 해?"

"무슨 말입니까?"

"페이서가 반역에 연루되었다는 그 말도 안 되는 누명부터 벗겨주고 사과하라고. 아니, 왕가의 이름을 걸고 공식적으로 발표해. 그것부터 제안하고 협상을 시작했어야지."

화르륵!

카일이 오른손에 움켜쥔 두루마리가 검은 불길에 휩싸여 순식간에 잿더미가 되어버렸다. 카일은 손을 툭툭 털며 자리에서 일어났고, 겁먹은 사신은 뒤로 쑥 물러났다.

"그, 그건 공식 문서엔 없는 내용이라! 위, 윗선에 보고해 보겠습니다."

"응, 그리고 답변이 오면 다시 찾아오든가."

카일은 오른손을 들어 올리더니 검지를 내밀며 막사의 입구를 가리켰다. 우리 쪽에선 볼일이 끝났으니 나가달라는 노골적인 제스처였다.

"카일, 아직 난 아무 말도 하지 않았어."

"어? 너도 뭔가 요구하게?"

계속 침묵을 지키고 있던 페이서가 입을 열자 카일은 의외라는 듯 고개를 갸웃거렸다. 하지만 페이서가 이렇게 나서는 경우는 오래간만이라 슬쩍 뒤로 물러서며 그에게 자리를 내주었다.

"이전 모르드 왕국 내 반역에 대해 재조사해 주시길 바랍니다. 특히 케트란 장군에 대해선 한 치의 거짓도 없이 철저히 조사해 그 내용을 널리 공표해 주길 원합니다."

"케트란이라면… 마족 공작 디케이드가 아닙니까! 그, 그는 지금 마족의 수장 중 하나로 있습니다! 어찌 그런 요구를 할 수 있단 말입니까?"

"전 지금 디케이드가 아닌 과거 인간이었던 케트란 장군에 대한 이야기를 하고 있는 중입니다. 그가 현재 마족 편에 선 것과 상관없이 그가 인간이었을 때의 무고함이 알려지길 바라는 것뿐입니다."

말이 재조사지, 사실상 모르드 왕국의 치부를 드러내라는 페이서의 여구에 카일마저도 살짝 놀랐다. 페이서의 무죄를 공식적으로 인정하고 발표해 달라는 말보다 더 강한 요구였다.

"너, 너무 치사하다고 생각되지 않습니까? 이제와 빛의 힘을 찾았으니 그 힘으로 밀어붙이겠다는…….."

"전 빛의 힘을 되찾기 전에도 똑같이 말했습니다. 단지 지금처럼 확실하게 표현하지 않았을 뿐입니다. 그리고 힘이 없었을 때의 제 요구를 거절한 건 다름 아닌 모르드 왕국이었습니다."

"그, 그렇다면 그보다 먼저 이번 전투에서 희생당한 연합 부대에 대한 보상부터 해결되어야 한다고 봅니다!"

사신은 경호기사로부터 또 다른 두루마리를 건네받더니 확 펼쳐들고 읽어 내려가기 시작했다.

"저… 저희가 조사한 바에 따르면, 지금 제 앞에 있는 카일이란 남자에 의한… 모, 모르드 왕국군의 사망자만 따져도 1,000명이 넘습니다. 그리고 물적 자원의 손해는……."

사신은 더듬거리는 말투로 두루마리의 내용을 읽었다. 당장에라도 자신을 죽일 듯한 기세로 노려보는 카일에 겁을 먹었으면서도, 그 말고 자신을 지켜보는 시선이 많다는 사실에 가까스로 용기를 낸 덕분이었다.

어차피 아무 성과도 이루지 못하고 모르드 왕국으로 복귀해 봤자 그에게 돌아올 것은 엘리제 3세의 감정 섞인 분풀이뿐이었기에 죽을 각오로 계속 두루마리를 읽어 내려갔다.

'역시, 그걸 그냥 지나칠 리 없겠지.'

과거 몇 차례나 블랙아웃 모드에 빠져들었음에도 페이서 덕분에 인간 측의 사상자가 없었다는 건 솔직히 운이 좋았다고밖에 볼 수 없었다. 그렇기에 이런 경우가 언젠간 닥칠 거라 예상했고, 결국 원치 않은 상황에서 적지 않은 타격으로 다가왔다.

어차피 어둠의 힘을 쓴다는 것 자체부터 모르는 이들에게 반감을 받을 수밖에 없는 위치이긴 했다. 하지만 자신 때문에 다른 이들, 특히 페이서의 이미지에 타격이 가해지는 건 카일은 절대 원치 않았다.

"…이상이 이번 전투에서 저희 모르드 왕국군과 연합부대가 입은 피해입니다. 어떻게 할 작정입니까?"

"그건 제가 해결하겠어요!"

막사 입구 쪽에서 들린 여성의 음성에 모두의 시선이 그쪽으로 쏠렸다.

"모르드 왕국의 이름을 걸고 약속드리지요, 제가 모든 문제를 해결해 드리겠습니다."

"누구냐? 감히 왕국을 사칭하다니… 헉!"

뒤를 돌아본 사신은 그녀의 얼굴을 보고 놀라 엉덩방아를 찧어버렸다.

"다, 다, 당신은… 아, 아니……."

자신이 알고 있는 왕의 젊은 시절을 꼭 빼닮은 여성의 등장에 사신은 주저앉은 채로 뒤로 물러섰다. 그녀가 두르고 있는 망토 정중앙에는 모르드 왕국의 문양이 선명하게 수놓아져 있었다.

모두의 시선이 그녀에게서 떨어지지 않았다. 카일은 이런 상황에 맞춰 그녀가 나타날 줄은 몰랐기에 멍하니 입을 벌렸다. 하지만 가장 놀란 이는 다름 아닌 페이서였다.

"에… 엘리?"

왕이 되기 이전, 공주였던 시절의 '그녀'를 지칭하는 애칭이 페이서의 입에서 무의식적으로 흘러나왔다.

"어마마마를 그렇게 부르셨나 보군요."

그녀는 가볍게 미소를 짓더니 양손으로 치맛자락을 붙들고 가볍게 들어 올리며 예를 취했다.

"처음 뵙겠습니다, 페이서 '경'. 제가 바로 모르드 왕국의 진정한 공주, 가짜가 아닌 진짜 크레아입니다."

Chapter 40
어긋난 기대

1

엘레힘 신성력 1327년 9월 25일.

"역시 그랬군."

집무실에서 보고를 받는 엘리제 3세의 목소리엔 맥이 빠져 있었다.

어느 정도 예상하고 있었고, 결국 그 예상대로 결과가 나왔 지만 '벗어나길' 원했던 예상이기에 재상의 보고는 그녀를 고뇌에 빠뜨릴 뿐이었다.

"어떻게 하시겠습니까? 다시 한 번 사신을 보내 양측의 의

견을 조율해 보는 것은……."

"다음번엔 그쪽의 조건이 더 강해졌을 거다. 평화로울 땐 아무것도 못하는 놈들이라 여겼지만, 지금은 전시다. 전황 속에서 이익 계산을 확실히 할 줄 아는 자들이니 더 이상의 접촉은 의미가 없을 거다."

페이서의 무고함을 알리는 일까진 받아들일 수 있다고 쳐도, 케트란의 억울한 죽음까지 모르드 왕국에서 인정하게 된다면 이야기는 달라진다.

디케이드의 경우 이미 모르드 왕국 내 권력 암투의 희생양이라는 이야기가 널리 퍼진 상태다. 하지만 공식적으로 모르드 왕국 측에선 그 소문을 부정했다. 그래서 지난번 프렐루드 성의 경우는 피해자인 보르니아 왕국 측에서 공식적으로 유감을 표했지만 직접적인 실력 행사까진 이어지지 못했다.

그러나 페이서의 제안을 받아들여 케트란의 역모 가담이 모함이었다는 걸 공식적으로 인정해 버린다면, 유감이나 비난 정도로 끝나지 않는다. 간신히 유지해 왔던 인간 연합 세력의 수장 자리를 내놓는 것에 그치지 않고 다른 인간 국가들의 적으로 인식될 가능성도 높아진다.

'그가 이젠 그런 것까지 생각하면서 행동할 정도가 되었구나. 하지만 너무 늦었어. 20년 전… 아니, 22년 전 그때에 그랬다면……'

"폐하, 이것 말고도 고할 게 있습니다. 시민들의 동요가 예 사롭지 않습니다. 벌써 적지 않은 수의 시민이 타국으로 도피 했고, 현재도 진행 중입니다."

카일이 아르키어스 평원에서 저지른 살육을 널리 퍼뜨린 것까진 좋았지만, 그 뒤 제멋대로 덧붙여진 소문이 시민들에 게 혼란을 가져다주었다.

어둠에 지배된 그가 모르드 왕국에게 피의 복수를 선사하 겠다고 공표했다는 헛소문에 모르그 왕국의 시민들은 분노하 기보단 두려움에 휩싸였다.

트레스발드 재상은 의도와는 정반대로 흘러가는 정국을 한 탄하며 앞으로 대처해야 할 문제들을 줄줄 늘어놨다. 하지만 엘리제 3세의 귀에 그의 이야기는 하나도 들어오지 않았다.

"그리고 또 한 가지, 크레아 공주 건에 대해서는 어떻게 하 시겠습니까?"

"혼자 있고 싶으니 나가라."

"…알겠습니다."

엘리제 3세가 정색하며 보고를 중단시키자 트레스발드는 조용히 문을 열고 밖으로 나갔다.

문이 닫히자 홀로 남게 된 엘리제 3세는 지끈거리는 머리 를 의자에 기댔다.

"정말 우둔한 자야. 하지만 그자 때문에 이렇게 일이 뒤틀어지다니. 결국 우둔했던 건 나였어."

설마 카일이 페이서를 각성시키기 위해 페이즈 3에 돌입할 거란 생각까진 미치지 못했다. 오랫동안 권력 암투 속에 살아 왔던 그녀에겐 이해관계 없이 순수하게 타인을 위해 자신을 희생한다는 개념 자체가 사라졌기 때문이다.

결국 엘리제 3세의 예상 중 들어맞은 건 페이서가 크레아 공주를 구했다는 사실 하나였다. 그 외 기대하지 않았는데도 얻은 이득이라면 드디어 카일에게 인간을 살육했다는 죄를 씌울 수 있다는 정도뿐.

"어디서부터 잘못되었을까……."

엘리제 3세는 그동안 있었던 일을 하나씩 돌이켜 봤다.

과거의 일이 역순으로 그녀의 뇌리를 스치고 지나갔다. 그리고 마지막에는 어두운 방 한가운데에 탁자를 사이에 두고 트레스발드 재상과 마주 보고 있는 20여 년 전의 자신을 떠올렸다.

전장 속에서만 살아온 탓에 평화라는 이름 아래 펼쳐지는 암투를 버틸 수 없었던 페이서를 포기한 것부터가 잘못이라고 판단했다. 하지만 그녀는 고개를 저으며 후회를 관뒀다.

"어차피 돌이킬 수 없는 일이야. 후회 따위 아무런 의미 없지."

다시 현실로 돌아온 엘리제 3세는 앞으로 어떻게 대처해야 할지를 떠올리고 근심 섞인 한숨을 내쉬었다.

페이서의 부활로 인해 모르드 왕국만의 빛의 용사는 존재 가치를 상실했다. 이전까지 모르드 왕국과 손을 잡았던 국가 상당수가 동맹 관계를 없었던 걸로 해달라는 통보를 일방적으로 보냈다.

아무리 생각해 봐도 이 위기를 탈출할 묘책은 떠오르지 않았다.

창문을 통해 보이는 케이브란스 성의 하늘엔 먹구름이 잔뜩 끼었다.

2

케이브란스 성 왕궁 안, 크레아 공주의 방으로부터 피비린 내가 물씬 풍겼다.

복도를 걸어가던 시녀들은 코를 틀어막고서 방문 앞을 빠른 걸음으로 지나갔다. 공주의 방 앞에서 보초를 서던 경비병들 역시 역한 냄새를 견디지 못하고 인상을 잔뜩 찌푸렸다. 무슨 일인지 안에 들어가 확인해 보고 싶었지만 그 어떤 일이 있어도 공주의 방 안으로 들어가서는 안 된다는 명령을 지키느라 고역이었다.

"안으로 들어가진 않았겠지? 그렇지?"

"아? 네, 넵! 물론입니다!"

급하게 달려온 쉘튼은 잔뜩 긴장한 얼굴로 경비병들을 다 그쳤다.

"이 방 앞으로 누구도 지나가지 못하게 복도 양 끝에 서 있 도록!"

쉘튼은 경비병들을 물러나게 한 뒤 조심스럽게 방문을 열 고 안으로 들어갔다. 뒤따라온 마르코는 열린 문틈 사이로 무 슨 일이 일어났는지 살폈다.

"아, 이런……."

벽 여기저기 붉은 손자국과 카펫트 위에 흥건하게 남은 핏 자국에 쉘튼은 말을 잃었다.

크레아는 다행이도 방 안에 있었지만, 등을 돌린 채 웅크리 고 앉아 있는 그녀의 옆엔 피가 줄줄 흘러나오는 가죽 주머니 가, 그것도 하나가 아닌 여러 개가 놓여 있었다.

"맛있어……."

크레아는 핏방울이 뚝뚝 떨어지는 몬스터의 살점을 우걱 우걱 씹으며 행복한 표정을 지었다. 침대 위에 놓여 있는, 반 토막 났던 성검 글로리아는 완전히 수리되어 원래 모습으로 돌아갔지만 크레아는 그러지 못했다.

"어, 다 먹었네… 더 없어? 더, 더."

"크레아! 제발 정신 차려! 이러면 너만 곤란해진다고! 내 말 알아듣겠어? 응?"

쉘튼은 크레아의 두 손을 붙잡고 울먹이기 시작했다.

크레아의 입술 주변은 몬스터 살점에서 묻은 피로 엉망이 되었고 땅바닥을 더듬거리는 손은 몬스터의 피와 살을 찾고 있었다.

"어… 쉘리나 언니네?"

"그래, 나야! 나라고! 그러니 제발 정신 차리라고……."

마치 어린아이로 돌아간 것마냥 쉘튼의 본명을 천진난만하게 부른 크레아는 해맑은 미소를 지었다.

하지만 돌연 눈을 깜박거리더니 부들부들 떨기 시작했다.

"크레아? 괜찮아?"

"무, 무서워."

쉘튼은 로브에 피가 묻는 것도 아랑곳하지 않고 크레아를 보듬더니 등을 어루만져 주었다.

"걱정하지 마. 여긴 우리 말고 아무도 없어."

"그는? 그 사람은 어디 있어?"

"그라니? 누굴 찾는 거야?"

"카일, 카일은 어디 있어?"

크레아는 카일의 이름을 말할 때마다 두려워하거나 혹은 기뻐하며 상반된 반응을 보였다. 그가 두려우면서도, 반대로 미치도록 보고 싶었다.

"그 사람은 강하니 날 구해줄 거야. 아, 아냐. 그 사람 정말

무서워. 날 죽일 거야. 하지만 보고 싶어."

절대 공존할 수 없는 감정이 번갈아가며 크레아를 지배하자 쉘튼은 뭐라 할 말을 찾지 못했다.

＊　　＊　　＊

열린 문 사이에 등을 기대고 있던 마르코는 가볍게 코웃음을 치더니 문을 닫았다.

"저러고도 완전히 미치지 않은 게 참 신기하단 말이지."

크레아가 이성을 잃는 모습을 보는 게 한두 번은 아니었지만, 하루 간격으로 저러는 경우는 처음이었다.

아르키어스 평원에서의 전투가 끝나자마자 본국으로 급히 돌아온 크레아는 뒤숭숭한 분위기가 가라앉을 때까지 왕궁 안에 격리되었다.

하지만 케이브란스 성내의 분위기는 나아질 줄 몰랐고, 다크홀 안에 빨려 들어갔을 때 겪었던 악몽은 크레아를 끈질기게 괴롭혔다.

"결국 페이서가 빛의 용사가 되도록 판만 차려준 꼴이 되었잖아. 그리고 저년의 용도는 사라진 거나 마찬가지고."

결국 마르코가 원한 대로 '가짜' 크레아는 빛의 용사로서 입지를 잃어버렸다. 문제는 마르코의 것이 되었어야 할 빛의

용사라는 칭호가 과거의 잔재로만 치부했던 페이서에게 돌아
갔다는 것이다.

그나마 크레아와 달리 마르코 입장에선 교단으로 돌아간다
는 선택지가 열려 있기에 크게 손해 본 부분은 없었다. 실제로
교단 측에서 보낸 서신에는 모르드 왕국과의 관계를 재검토 중
이니 언제라도 복귀할 준비에 임하라는 명령이 적혀 있었다.

하지만 이런 식으로 물러난다면 시간 차이만 날 뿐, 크레아
처럼 잊혀질 것이 분명했다.

"이대로는 안 돼. 더 강한 힘이 필요해."

빛의 힘으로는 크레아는 물론 그 누구에게도 뒤지지 않는
다고 자부하던 마르코는 아르키어스 평원에서의 전투로 현실
을 깨달았다.

그 결과 그는 빛의 용사에 대한 집착을 완전히 버렸다.

대신 빛의 힘을 부활시키게 이끌었던 카일의 강함에 압도
되는 동시에 매료되었다. 물론 그렇다고 카일이란 인간 자체
에 대한 호감은 눈곱만큼도 생기진 않았지만.

"망할 놈… 날 아버지 따위에 비교해?"

쿵!

벽을 후려친 마르코의 오른손 주먹을 타고 핏방울이 엄지
끝에 뚝뚝 떨어졌다. 그의 아버지 마르키아는 교단에서는 존
경받는 성당기사단장이었을지 몰라도, 가정에선 결코 훌륭한

아버지는 아니었다. 그렇기에 마르코는 그 누구에게 지더라도 아버지만큼은 이겨야 했다.

"난 강해져야 해. 그딴 쓰레기보다 못할 순 없다고!"

마르키아와 마르코, 2세대를 모두 상대한 카일의 입에서 나온 아버지보다 못하다는 말은 전투가 끝난 지 열흘이 지난 지금까지도 마르코에 뇌리에 떠나지 않았다.

"역시 그 방법밖엔 없겠지?"

마르코를 압도적으로 몰아붙인 로베르토.

그 로베르토에게 처절한 죽음을 안긴 카일의 어둠은 역설적이게도 정반대편에 서 있는 빛의 힘을 페이서로 하여금 각성시키게 이끌었다.

마르코는 아르키어스 평원에서 봤던, 빛과 어둠의 처절한 격전을 회상하며 앞으로의 계획을 구체적으로 떠올리기 시작했다.

"그래, 이렇게 된 이상 모르드 왕국이든 교단이든 아무 의미 없어. 내가 강해지면 모든 게 해결될 거야."

3

열흘 전에 끝난 아르키어스 평원의 전투로 대륙 내 세력 판도가 급격히 변화했다.

그런 격동과 상관없이 케이오스 마을은 평소와 다를 바 없는 하루가 저물어갔다. 유일한 변화점이라면 케이오스 마을의 인위적인 평화를 유지하는 두 명 중 하나가 보름이 넘도록 자리를 비웠다는 점 정도였다.

"……"

크로이드는 얼마 전 엘레힘 교단의 비밀 연구소에서 입수한 문서를 차근차근 읽어 내려갔다.

—시드 사용 결과에 대한 보고서

…….

5) 5번째 실험체에 대한 보고 내용

마족과 어둠의 힘에 대한 적개심:기준치 적용

빛의 힘 적용도:이전 사례보다 월등히 높아 비교 불가

…….

특이 사항:냉정한 판단력의 부재가 우려됨.

크로이드는 물고 있던 여송연을 질끈 깨물었다.

인간을 마치 물건처럼 취급하는 문장들이 영 맘에 들지 않았다. 마음 같아서는 탁자 위에 수북이 쌓인 문서들을 당장에라도 찢어발기고 싶었지만, 감정에 휩쓸리지 않고 참으면서 다음 문서로 손을 뻗었다.

5번째 항목까지 기록된 종이가 누렇게 뜬 것에 비해, 그 이후 내용이 적힌 문서의 재질은 비교적 최근이었다. 크로이드는 여송연을 집어 들고 재를 털더니 새 문서를 읽기 시작했다.

25) 32번째 실험체에 대한 보고 내용

마족과 어둠의 힘에 대한 적개심:본능에 가깝도록 높여서 적용

빛의 힘 적용도:기준치 적용

…….

특이 사항:언어 기능 및 행동 양식에 치명적 결함 발견. 폐기 예정

…….

40) 101번째 실험체에 대한 보고 내용

마족과 어둠의 힘에 대한 적개심:새롭게 설정한 기준치 적용

빛의 힘 적용도:새롭게 설정된 기준치 적용

…….

특이 사항:정신적인 불안함이 우려됨. 5번째 항목의 5번 실험체의 경우를 참고

읽어 내려갈수록 항목 숫자와 실험체의 번호 차이가 점점 벌어지자 크로이드는 점점 기분이 불쾌해졌다. 항목에 기록될 가치도 없다고 교단이 판단한 자들의 운명이 눈에 선했

기에.

"어, 먼저 왔네?"

공간이동마법으로 크로이드의 등 뒤에서 나타난 슈겔은 들고 있던 '또 다른' 문서를 탁자 위에 휙 내던졌다.

"운 좋게도 옛날에 쓰던 비밀 통로가 아직도 남아 있더라. 덕분에 별 충돌 없이 슥 들어갔다가 나왔지만, 넌 어땠어?"

"별일 없었다."

"그래도 피는 좀 본 모양인데?"

탁자 옆에 내려놓은 검에 묻어 있는 핏자국을 보고 슈겔이 입술을 씰룩거렸다.

지난번 케이오스 마을 안으로 진입하려던 성당기사단원들 이 살아 돌아간 건 어디까지나 크로이드의 변덕 덕분이었지, 원래 크로이드는 교단이라는 집단에 자비 따위 없었다.

"이거 왠지 건드려서는 안 되는 물건에 손을 댄 기분이야."

크로이드는 다 읽은 문서를 탁자에 툭 내려놓고 입을 다물 었다. 아직 읽지 않은 문서들이 반 이상 남았지만, 억누르고 있던 감정을 추스를 시간이 필요했다.

"그러면 이건 나중에 읽도록 해. 사랑하는 네 제자와 관련 이 많더라."

"흐음……."

"어? 지금 읽게? 지금 너 표정 장난 아니야. 무리할 필요는 없잖아?"

크로이드는 슈겔의 만류에도 마족의 언어가 적힌 '또 다른' 문서를 집어 들었다.

"아, 너 그거 읽을 수 있던가? 인간들이 쓰는 문자가 아닐 텐데. 내가 해석해 줄까?"

크로이드는 고개를 가로젓고 새 여송연을 꺼내 입에 물었다.

슈겔이 가져온 문서는 마족의 언어로 적혀 있었지만 일부분은 고대에 사용되던 인간어로 작성되어 있었다.

"아무래도 네 제자 녀석, 우리 예상대로인 것 같아. 아니, 어쩌면 예상보다 더 나쁠지도 몰라."

"……."

미리 문서를 해독한 슈겔은 안쓰러운 얼굴로 크로이드의 뒷모습을 바라봤다.

4

엘레힘 신성력 1327년 9월 26일.

드높은 성벽으로 둘러싸인 크로이저 요새 한가운데에 불길이 마구 치솟았다.

"사… 살려줘! 으아아악!"

"주, 죽기 싫어……."

불길에 휩싸인 병사들이 땅바닥에 구르며 비명을 질렀다. 사방에서 쳐들어오는 몬스터들에 요새 안은 혼돈 그 자체였다.

화르륵!

불길이 나선형으로 소용돌이치며 넓게 퍼져 나갔다.

그 중심에 서 있는 데몬 공작 에르카이저의 시야에는 강렬한 불길의 붉은색, 그리고 그 불길을 견디지 못한 인간들이 남긴 새까만 색 두 가지만이 존재했다.

견고한 성문은 불길에 그슬린 파편만이 남았고, 이전까지와 달리 성안으로 직접 쳐들어온 몬스터를 앞에 두고 인간 병사들은 당황했다. 지겨울 정도로 크로이저 요새를 노린 공격을 모두 막아낸 그들이었지만, 어디까지나 두터운 성벽과 광역 마법을 막아내는 마나의 장벽의 도움이 있을 때의 얘기였다. 그것들이 사라진 지금 처음 겪어보는 혼전 앞에 무기력할 정도로 밀리기만 했다.

쿵! 쾅! 쿵!

온몸을 불로 감싼 상태의 에르카이저가 앞으로 한 발씩 내디딜 때마다 땅바닥이 쩍쩍 갈라지면서 그 균열 사이로 불길이 빠르게 퍼져 나갔다. 3미터에 달하는 육중한 몸은 멀리서도 눈에 띌 수밖에 없었고, 무너진 건물 뒤에 숨어 있던 궁수들이 그를 노리고 일제히 활을 쐈다.

파바박!

하지만 무수한 화살비의 대부분은 그를 감싸고 있는 불길에 닿자마자 잿더미가 되어 아래로 흘러내렸다. 운 좋게 그의 등과 가슴에 박힌 화살들은 에르카이저에게 그 어떤 고통도 안겨주지 못했다.

"간지럽군."

에르카이저는 움켜쥔 오른손을 가슴에 가져가더니 손바닥을 펼치며 팔을 크게 휘둘렀다. 그러자 오른손 안에 압축되어 있던 불길이 지면을 타고 시계방향으로 휘어지는 불기둥을 연이어 형성했다.

어설프게 박살 났던 건물들이 일거에 소각되어 무너졌고, 궁수들은 화살을 재장전 중이던 자세 그대로 불타 버렸다. 멈춰 섰던 에르카이저가 다시 걸음을 옮기자 지면이 흔들리면서 소각된 시체가 무너져 내리며 잿더미가 되어버렸다.

'평소 병력의 1/5도 안 돼. 공작급은커녕 백작급 실력자도 그리 눈에 띄지 않는군. 하긴, 그쪽으로 죄다 병력을 투입했을 테니…….'

아르키어스 평원에 디케이드를 제외한 모든 마족 공작이 모인다는 이야기는 사실 에르카이저가 일부러 인간 측에 퍼뜨린 정보였다.

에르카이저의 진정한 목적은 크로이저 요새 내 지하 던전에 봉인되어 있는 암흑의 화신 제이블란트의 해방이었다. 만약 아르키어스 평원에서 전투에 패하더라도 제이블란트의 봉인만 푼다면 어둠의 가호 아래 어둠의 후예들은 더욱 막강한 힘을 얻게 된다.

'하지만 인간들이 이렇게까지 아르키어스 평원에 대다수의 병력을 집중시킬 줄은 몰랐어. 여기서 최소한 한 명이라도 내 앞을 가로막을 줄 알았는데 아니군. 20여 년 전엔 이러지 않았는데, 퇴보했나?'

마법사이며 전사이기도 하면서, 동시에 전략가이기도 한 에르카이저는 자신의 계책이 순조롭게 진행되는 것과 별개로 예상보다 약한 인간의 저항에 아쉬워했다.

사실 크로이저 요새 공략에 에르카이저 말고 드래고뉴트 공작 헤리온의 참여도 고려했었다. 특히 대규모 병력을 상대로 공성전에서 특출한 위력을 발휘하는 헤리온의 드래곤 폼은 막강한 전력을 자랑한다.

하지만 헤리온은 자신이 아르키어스 평원으로 가는 편이 더 나을 거라며 에르카이저의 전략을 수정시켰다. 헤리온만을 전담으로 추적하는 인간 측 정찰 부대의 눈을 속이기 위함이었다.

결과적으로 헤리온의 조심스러운 판단은 득이 되었다. 평원에서의 전투가 끝난 지 열흘 남짓이 흘렀지만, 인간 측 병력의 절반 이상이 크로이저 요새와 동떨어진 곳에 나타난 그를 쫓아 급하게 이동했고 파견된 실력자들과 병력이 다시 크로이저 요새로 복귀하기엔 더 많은 시간을 필요로 했다.

무엇보다 대규모 전투가 끝난 뒤 열흘이라는 간격이 크로이저 요새의 분위기를 느슨하게 만든 것도 한몫했다.

'이제 남은 건……'

요새 안 지하 던전으로 통하는 입구에 도착한 에르카이저는 뒤를 돌아보았다. 요새를 뒤덮은 불길은 더욱 거세졌고, 그 위로 피어오르는 연기가 하늘을 짙게 뒤덮었다.

에르카이저의 직속 부하들은 일렬로 집결해 그의 명령만을 기다리는 중이었다.

"그러면 난 그분이 봉인된 곳으로 먼저 가겠다. 봉인이 완전히 풀리기 전까지 그 누구도 들어오지 못하게 막도록. 로베르토 공의 희생을 헛되게 할 수 없다."

"알겠습니다!"

*　　　*　　　*

지하 던전 최하층을 막고 있던 두터운 석문은 검게 그을린 파편만을 남겼고, 마법진을 수호 중이던 여사제들이 있던 자리엔 잿더미만이 남았다.

"드디어… 여기까지 왔어."

에르카이저는 두근거리는 가슴 위에 왼손을 얹고 최하층 정중앙을 향해 천천히 걸음을 옮겼다.

그의 시선은 지상에서 뿜어져 나온 빛 중심에 있는, 어둠의 후예 입장에선 증오 그 자체인 검 하나에 집중되었다.

성검 레디언스.

과거 페이서가 빛의 용사로 활약할 때 사용했던 무기가 암흑의 화신 제이블란트의 봉인구로서 지면에 수직으로 박혀 있었다.

어둠의 후예를 수호하던 제이블란트가 봉인된 이후 그들이 지니고 있던 힘은 급속도로 약화되었다. 그런 에르카이저가 제이블란트의 가호 없이도 원래 힘을 발휘하기 위해 보낸 시간은 도합 20년에 달했다.

이제 봉인을 풀게 되면 과거보다 더 강한 힘을 가지고서, 인간과의 지긋지긋한 전쟁에 종지부를 찍을 수 있게 된다는 기대감에 에르카이저는 흥분을 감추기 힘들었다.

"암흑의 화신 제이블란트 님, 이제야 당신을 얽매고 있는 빛의 족쇄를 풀 수 있게 되었습니다."

하지만 봉인이 완전히 풀리기 전까지 방심은 금물.

그는 흥분을 가라앉히고 냉정함을 유지하며 성검 레디언

스의 검자루를 양손으로 움켜쥐었다.

치이익……

레디언스로부터 흘러나온 빛의 힘이 에르카이저의 양손을 휘감더니 태우기 시작했다. 하지만 그는 아랑곳하지 않고 두 눈을 감고서 주문을 읊기 시작했다.

20여 년 전, 제이블란트가 쓰러진 자리에 카일이 성검 레디언스를 꽂아 넣었을 때 떠올랐던 마법진이 이번에는 어둠을 뿜어내며 역순으로 떠올랐다.

'그래, 조금만 더… 좀 더…….'

다시 떠오른 마법진이 완전한 모습을 갖출 때까지 30분이 넘는 시간이 흘러갔다. 주문의 마지막 구절을 읊은 에르카이저는 성검의 검자루를 내려다봤다.

그의 손을 태우던 빛의 힘 대신 마법진 아래 봉인되어 있던 어둠의 힘이 뱀처럼 검신을 타고 올라왔다.

「누구냐?」

머릿속에서 울리는 목소리에 에르카이저는 검자루를 쥔 채로 오른쪽 무릎을 꿇었다.

"저는 제이블란트 님의 미흡한 종, 에르카이저입니다."

「에르카이저라… 그래, 그런 자가 있었지.」

"절 기억해 주셔서 황송할 따름입니다. 지금, 당신을 얽매고 있는 봉인이 풀릴 것입니다. 다시 한 번, 미천한 저희 어둠의 후예에게 당신의 가호가 내리길 간절히 바라옵니다."

「웃기지도 않는군.」

"네? 그게 무슨 말씀이십니까?"

「나를 지키지도 못했던, 보잘것없는 너희 어둠의 후예 따위를 위해… 내가 힘을 내줄 것 같으냐?」

순간 어둠의 기운이 에르카이저의 양팔을 휘감더니 그의 머리까지 뻗어 올라갔다.

"헉!"

본능적으로 위기를 직감한 에르카이저는 성검 레디언스로부터 급히 손을 떼고 뒤로 물러섰다. 그러자 성검으로부터 뻗어 나가던 어둠의 기운이 점차 사그라지더니 마법진이 지면 아래로 모습을 감췄다.

"이런…… 이럴 수가!"

전혀 예상치 못한 상황이 닥치자 에르카이저는 어떻게 해야 할지 갈피를 잡지 못했다.

"봉인을 해제하는 주문에 실수가? 아니… 그건 아니야. 분명히 그분의 의식을 깨우는 것까지 성공했으면 문제는 없어. 그렇다면 왜?"

바로 그 순간.

은은한 빛이 박살 난 석문 너머에서 흘러나왔다.

"아직 늦지 않았군. 그 마법사, 눈치 하난 기막히다니깐."

"누구냐!"

"이 성스러운 문양을 보고도 모르겠나?"

엘레힘 교단의 추기경 오르갈트는 자신의 법의를 가리키더니 이내 손바닥을 들어 올리고 앞으로 까닥거렸다.

그러자 은색 갑주를 걸친 성당기사들이 재빨리 안으로 들어가더니 순식간에 에르카이저를 포위했다. 그리고 성검 레디언스가 꽂혀 있는 자리와 에르카이저 사이에 끼어든 오르갈트는 미소를 머금었다.

그의 오른손에는 원래 크기보다 훨씬 축소된, 예전 오우거 공작 칼틴이 쓰던 해머 디스트로이어가 쥐어져 있었다.

"구 5공작 중 하나가 쓰던 무기로 너의 숨통을 끊는 것도 재밌을 것 같군, 에르카이저!"

파아앗!

디스트로이어의 표면을 둘러싼 어둠의 기운에 억눌려져 있었던 빛의 힘이 사방으로 퍼져 나갔다.

『흑암의 귀환자』 6권에 계속…

김현우 퓨전 판타지 소설

레드 크로니클
Red Chronicle

『드림워커』, 『컴플리트 메이지』의 작가
김현우가 색다르게 선보이는 자신작!

『레드 크로니클』

백 년의 세월 검을 들고 검의 오의에
다가선 남자 티엘 로운.

모든 것을 베는 그가 마지막으로
검을 휘둘렀을 때
그를 찾아온 것은 갈라진 시공간,
그리고… 자신의 젊은 시절이었다!

"하암, 귀찮군."

검의 오의를 안 남자가 대륙을 바꾼다!
티엘 로운의 대륙 질풍기!

Book Publishing CHUNGEORAM

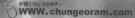

Sanctum
생텀

이영균 판타지 장편 소설

FUSION FANTASTIC STORY

취재 현장에서 맞닥뜨린 녹색 괴물.
그리고 무혁은 한 번 죽었다.

**죽음에서 깨어난 무혁에게 다가온 것은
숨겨졌던 이세계, 생텀의 존재였다!**

현대에 스며든 악신 투르칸의 잔인한 손길.
생텀에서 온 성녀 후보 로미와 도멜 남작을 도우며
무혁의 삶은 점차 비일상에 접어드는데……

**이계와의 통로는 과연 우연인 것인가?
생텀(Sanctum)의
진정한 의미를 찾아라!**

Book Publishing CHUNGEORAM

유행이 아닌 자유추구
WWW.chungeoram.com

Explosive Dragon King
Bahamut

폭룡왕
바하무트

GAME FANTASY STORY

몽연 게임 판타지 소설

가상현실 게임 포가튼 사가 랭킹 1위!
대륙십강 전체를 아우르는 폭룡왕 바하무트.

폭룡왕이라는 칭호를 「진짜」로 만들어라!

방법은 한 가지.
400레벨 이상의 라그나뢰크급 노룡
칠대용왕(七大龍王)이 되는 것.

어디에도 소속되지 않은 채 유유히 전장을 누빈다.
바하무트 앞에 펼쳐지는 새로운 게임 세계!

Book Publishing CHUNGEORAM

유행이 아닌 자유추구 -
WWW.chungeoram.com

FANATICISM HUNTER

광신사냥꾼

류승현 판타지 장편 소설

FANTASY FRONTIER SPIRIT

「블레이드 마스터」의 류승현 작가가 펼쳐내는
판타지의 새로운 신화!

마도대전을 승리로 이끈 유리언 대륙의 영웅,
최강의 아크 메이지 제온!

그러나 '세상의 섭리'에 아내와 아이를 빼앗기는데…….

『광신사냥꾼』

만약 그것이 정말로 세상의 섭리라면,
그마저도 무너뜨리고 말리라!

복수를 위한 제온의 위대한 여정이 시작된다!

Book Publishing CHUNGEORAM

현대백수 장편 소설 FUSION FANTASTIC STORY

간웅

뇌성벽력이 치는 어느 날!
고려 황제의 강인번을 들고 있던
어린 병사가 낙뢰를 맞고 쓰러졌다.

하지만… 다시 눈을 뜬 이는
현대 대한민국에서 쓸쓸히 죽은
드라마 작가 지망생.

**고려 무신 시대의 격변기 속에서 눈을 뜬 회생[回生].
살아남기 위해! 죽지 않기 위해!
그의 행보로 인해 고려는 서서히
변하기 시작하는데……**

치세능신 난세간웅(治世能臣 亂世奸雄)!

격동의 무신 시대!
회생, 간웅의 길을 걷다!

Book Publishing CHUNGEORAM

유행이 아닌 자유추구 -
WWW.chungeoram.com

절정고수들이 하늘 높은 줄 모르고 질주하는 현 세상.
서른여덟 개의 세력이 서로를 견제하는 혼돈의 시대.

그 일촉즉발의 무림 속에
첫발을 디딘 어린 소년.

"나는 네가 점창의 별이 되기를 원한다."

사부와의 약속을 지키고
난세로 빠져드는 천하를 구하기 위해
작은 손이 검을 들었다!

박선우 新무협 판타지 소설 FANTASTIC ORIENTAL HE

풍운사일

내일을 향해 쏴라

김형석 장편 소설

FUSION FANTASTIC STORY

1만 시간의 법칙!
'성공은 1만 시간의 노력이 만든다' 는 뜻이다.

그러나…
사회복지학과 복학생 수.
전공 실습으로 나간 호스피스 병동에서
미지와 조우하다.

1만 시간의 법칙?
아니, 1분의 법칙!

전무후무한 능력이 수에게 강림하다!
맨주먹 하나로 시작한 수의
인생역전이 시작된다!

Book Publishing CHUNGEORAM

WWW.chungeoram.com

문용신 新무협 판타지 소설

FANTASTIC ORIENTAL HEROES

절대호위

한량 아버지를 뒷바라지하며
호시탐탐 가출을 꿈꾸던 궁외수.

어린 시절 이어진 인연은
그를 세상 밖으로 이끄는데……

"내가 정혼녀 하나 못 지킬 것처럼 보여?"

글자조차 모르는 까막눈이지만,
하늘이 내린 재능과 악마의 심장은
전 무림이 그를 주목하게 한다.

"이 시간 이후 당신에겐 위협 따윈 없는 거요."

무림에 무서운 놈이 나타났다!